Tiara Label

ティアラ文庫

愛蜜の復讐

伯爵とメイド

水島 忍

presented by Shinobu Mizushima

JN283647

プランタン出版

イラスト／早瀬あきら

目次

※本作品の内容はすべてフィクションです。

序　章　お嬢様の運命の恋

それは、天気のいい午後のことだった。

晴れた空は青く、爽《さわ》やかな風が吹く。柔らかい日差しが心地いい。

十二歳のアンジェリン・ステイベリーは厳しすぎる家庭教師の目をごまかして、ガイ・リーストンを見つけるために、厩舎《きゅうしゃ》へと向かっていた。

自然と早足になり、ほとんどスキップするような足取りになると、リボンで高く結い上げた金髪が揺れる。緑の瞳はガイに会えるという嬉しさに輝いた。

ガイ……大好き！

アンジェリンの頭の中は、ガイのことでいっぱいだった。

ステイベリー家は貴族ではないが、広大な地所を持ち、名家と呼ばれていた。もちろん上流階級に属している。アンジェリンはステイベリー家の一人娘であり、やがては社交界にデビューし、同じ上流階級の子息と結婚するだろうと思われていた。

しかし、今のところ、アンジェリンの一番のお気に入りは、馬番のガイだ。

アンジェリンにとって、十八歳のガイはとても大人に見えた。それどころか、長身ですらりとした身体つきの彼は、どんな上等な服を身につけた貴公子より、素敵に見えた。艶《つや》のある黒髪に、琥珀《こはく》色の瞳。その瞳には豊かな知性が宿っていて、実際、彼は馬番に似合わぬ知識の持ち主だった。

読み書きはもちろん、彼がラテン語の綴《つづ》りまで身につけていることを、アンジェリンは知っていた。上流階級と同じ喋り方や発音をし、上品な身のこなしをする彼は、恐らく没落した名家の出身なのだろう。

彼の家はステイベリーの地所であるモントラン村の片隅にあり、病気がちの母親と二人で暮らしている。ガイは母をとても大切にしているのだ。

『お金を貯めて、いつか母をバースに保養に連れていきたいんだ』

ガイはよくそう言っていた。バースは無理でも、せめていい医者に診《み》せたいのだ、と。

『母のためなら、なんでもするよ。どんなにつらい仕事だってする』

そんな母思いのところも、アンジェリンは好きだった。

アンジェリンもガイの母がベッドに臥《ふ》せったとき、何度かお見舞いに行ったことがある。彼女はたおやかな美しい女性で、母を早くに亡くしたアンジェリンにいつも優しい言葉をかけてくれた。

ガイの父はガイが十三歳のときに亡くなったという。彼がこのステイベリー屋敷で馬番の見習いをすることになったのは、それ以後のことだ。そして、そのときから、ガイはアンジェリンの憧れの王子様になったのだ。

アンジェリンに乗馬を教えてくれたのも彼だ。彼は辛抱《しんぼう》強く教えてくれて、馬は怖いものではないと知った。本当は優しくて可愛《かわい》い生き物なのだということも。

ガイと並んで、馬を走らせたこともある。琥珀色の瞳がきらめいて、彼はアンジェリンに笑いかけてきた。

『お嬢様、お上手になられましたね！』

ガイが馬番として働き始めてから五年経ったが、アンジェリンは今も変わらずガイが大好きで、王子様のように慕っている。ただし、父はそのことにいい顔はしなかった。

アンジェリンの母は弟を産むときに亡くなった。弟も小さく生まれてしまって、すぐに天国に行った。だから、父の家族は娘しかいない。アンジェリンは甘やかされているわけではなく、きちんと躾《しつ》けられているが、大事な一人娘が馬番に熱を上げることを、父が許すはずもなかった。

家庭教師の目を盗み、こそこそとガイを捜しにいかなくてはならないのは、そういう理由からだった。父はアンジェリンの気持ちを大したものではないと思っている。それでも、使用人と戯《たわむ》れるのはよくないと考えているだろうし、親しくしているところを目撃されたら、ガイに迷惑がかかるに違いない。

だから、厩舎へは、こっそり忍んでいくのだ。

厩舎の裏でくすくす笑う声が聞こえてきた。メイドのメアリーだ。彼女はガイに気があるのだ。アンジェリンが十二歳の少女であっても、それくらいは察することができる。彼女は何かと時間と用事を作っては、ガイの近くに行こうとするのだ。メイドが厩舎に用事などあろうはずがないのに。

アンジェリンはこっそり建物の陰に隠れて、そっと覗いた。

予想どおり、そこにいたのは、ガイとメアリーだった。二人は身体を寄せ合っている。

アンジェリンの胸になんとも言えない痛みが過《よぎ》った。

メアリーはガイより三つほど年上だった。成熟した女性の身体を持ち、大人びているガイとはお似合いにも見えた。

メアリーが誘うように顔を上げた。すると、ガイの唇が彼女の唇と重なった。

いやっ……！

「ガイはわたしのものよ！」

アンジェリンは思わず建物の陰から飛び出していた。それに気づいて、メアリーがさっとガイから離れて、顔を赤らめる。

「お、お嬢様！　わたし……お許しください！」

メアリーは動転したように後ずさり、屋敷のほうへと走っていった。ガイはきつい眼差しをアンジェリンに向けた。彼の整った顔には邪魔《じゃま》されたことへの怒りしか浮かんでいなかったが、それでも丁寧な言葉遣いで話しかけてきた。

「お嬢様がこんなところへ何しに来たんですか？」

アンジェリンがまだほんの子供の頃には、彼もこんな慇懃《いんぎん》無礼《ぶれい》な態度は取らなかった。優しく馬のことを教えてくれた。それなのに、今はどうしてこんなふうに冷たく邪険《じゃけん》に扱うのだろう。

「だって……会いたかったんだもの」

理由にもならないかもしれないが、実際、彼に会いたい一心で、厩舎に来てしまう。

ガイが好き。その気持ちは何より強かった。彼の顔を一目でも見たくてたまらなかった。

「お嬢様はここへ来ちゃいけないんです。僕が旦那様に叱られてしまいます」

それは判っている。だから、人目を忍んできたのだ。

「でも……」

「早く子供部屋に帰ることですね。せっかく、いいところだったのに、邪魔されて迷惑なんですから」

ガイは『子供部屋』というところを強調した。彼にとっては、自分はまだ子供のままなのだろうか。アンジェリンは傷ついた。

彼はわたしなんかより、メアリーのほうがいいんだわ。

メアリーは大人だ。豊満な胸をしていて、色気もある。アンジェリンの体形はまだ発育していない少女のものだったし、胸はまったくふくらんでもいない。色気なんて、あるわけがなかった。

でも……。

ガイとメアリーがキスしていたところが、頭に甦った。アンジェリンの胸になんだか判らない炎のようなものが宿る。

「ガイ……！　わたし……わたし……」

アンジェリンが話しかけるのを無視して、彼は厩舎の裏から出入り口に回り、中へと入っていった。アンジェリンは慌てて追いかける。

「待って！　ねえ……」

「なんですか、お嬢さん？　忙しいんですから、さっさと用件をおっしゃってください」

ガイは取りつく島もなかった。アンジェリンは唇を噛み、彼を上目遣いで見た。髪が少し乱れている。メアリーが彼の髪の中に手を差し入れて、乱したのだ。

「わたしにもキスをして！　メアリーにしたみたいに！」

一瞬、ガイは驚いたように目を大きく見開いた。しかし、次の瞬間、彼は大きな声で笑い出した。

「お嬢様はまだ子供だ。男を誘うのは十年早い」

そんなことはない。確かにまだ早いかもしれないが、ガイに対する気持ちなら、誰にも負けない。初めて出会った五年前からずっと好きだったのだから。メアリーがガイに興味を示すようになったのは、最近のことだ。

ガイはわたしのものよ！

アンジェリンは自分勝手な考えで、そう決めつけた。

「そんなことないわ！　わたしだってキスくらい……！」

ガイは素知らぬ顔で馬にかけるブラシを手に取った。アンジェリンは彼に飛びつくようにして、首に手を回した。そうして、背伸びをして、彼の唇に自分の唇を押しつける。

弾力のある唇の感触に、アンジェリンの頭の中はカッと熱くなった。

わたし、ガイとキスしてる……。大好きなガイと初めてのキスを。

ガイの手からブラシが滑り落ちる。目を閉じ、唇の感触を更に味わおうとしていたところで、父親の怒鳴り声がした。

「娘に何をしているんだ！」

弾《はじ》かれたように、ガイはアンジェリンを押しやった。アンジェリンはよろめきながら、後ろを振り返る。そこには、怒り狂っている様子の父と従僕《じゅうぼく》のトムがいた。

「なんてことだ！　馬番ごときに娘を穢《けが》されるとは……！」

「ち、違うの、お父様！　違うのよ！」

アンジェリンはガイを庇《かば》おうと、前に出て、父の腕に取りすがった。しかし、父に邪険に振り払われる。今はガイを罰することしか考えられないのだ。

どうしよう。わたしのせいで、ガイがひどい目に遭わされてしまうかもしれない。

ガイの顔は蒼白になっていたが、それでも顔を上げていた。その目は怒りに燃えていて、アンジェリンに突き刺すような視線を向けている。

彼はわたしに怒っている。でも、当たり前だわ。わたしのせいなんだから。

「お父様！　わたしが悪いの！　全部、わたしが……」

「トム！　アンジェリンを屋敷に連れて帰れ。部屋に閉じ込めておくんだ」

「お嬢様、こちらへ」

大柄なトムに腕を引っ張られると、アンジェリンは抵抗できなかった。引きずられるように連れていかれるときも、必死に父親に訴えかける。

「わたしのせいなのよ！　ガイはなんにも悪くないんだからぁ！」

「トム、早く連れていけ！」

父に怒鳴られて、トムはアンジェリンを抱きかかえた。こうなると、もうどうにもならない。泣こうが喚こうが、お構いなしに、屋敷に連れていかれた。そして、部屋に閉じ込められる。『子供部屋』であるこの部屋は、アンジェリンのお仕置きのために、外から鍵がかけられるようになっているのだ。

「トム！　開けて！」

扉を叩いて、泣いて訴えたが、足音は遠ざかっていく。

どうしよう。お父様はガイに何をする気なのかしら。

窓を開けてみたが、ここは三階だ。飛び降りることなど、できるはずもない。

わたし、なんてことをしてしまったの……？

アンジェリンはただ後悔の涙に暮れるしかなかった。

第一章　伯爵と残酷な再会

六年後、ロンドン。

「アン！　早くわたしの髪を結うのよ！　遅れちゃうじゃない！」

メレディス家の次女であるエレンが大きな声でアンジェリンに命令する。ステイベリー家の一人娘として父に溺愛《できあい》されていたアンジェリンは、今やこの家のメイド同然で、朝から晩まで働かされていた。

名前まで、メイドらしく『アン』と短く変えられてしまった。確かに、アンジェリンという名はメイドに似つかわしくない。

エレンは化粧台の前に座っている。意地悪そうな目が光り、ブラシを手に取ったアンジェリンを睨《にら》みつけた。

「一体、今まで何をしていたのよ。このグズ！」

アンジェリンは眉をひそめた。アンジェリンより二つ年上のエレンは、いつもこんな乱暴な口をきくが、雇《やと》い主の娘というわけではない。アンジェリンとエレンは従姉妹《いとこ》同士だった。二年前、父を亡くした後、この家に引き取られたのだ。

父は死ぬ直前に、株で失敗して、莫大《ばくだい》な借金を残した。弁護士に依頼して、それを清算すると、地所はもちろん屋敷も人手に渡ることになった。

父はそれを知っていたから絶望して、嵐の夜に酒を飲み、馬車を駆り立てたのだ。そして、谷底に落ちて死んでしまった。表向きは事故だが、自殺のようなものだ。あれほどアンジェリンを溺愛していたはずの父が、こんな苦難の渦中に娘を一人だけ残していくなんて、とても信じられなかった。

しかし、現実はそうなのだ。アンジェリンは疎遠《そえん》だった叔母《おば》の家へ引き取られることになった。母方の叔母だが、母とはあまり仲がよくなかったのだろう。何故《なぜ》、アンジェリンがそう思うのかというと、叔母はアンジェリンを使用人扱いしたからだった。

メレディス家は裕福で、アンジェリン一人を養うことなど、容易《たやす》いことだと思う。しかし、叔母は実の姪《めい》の面倒を見る気などなかった。父を亡くしたばかりの十六歳の自分を気遣うどころか、屋根裏部屋に押し込んで、居丈高《いたけだか》に『自分の食い扶持は自分で働いて得るものよ』と言い渡したのだった。

　あれから二年経った今、アンジェリンはメイドらしいメイドになった。エレンでさえ、アンジェリンが自分の従姉妹だということを忘れているようだったからだ。

　アンジェリンはしなやかな手でブラシを取り、ふと鏡に目をやった。メイドとしか思えない黒いドレスと白いエプロンが目に入る。美しい金髪は無造作に後ろでまとめられ、世間知らずだった頃のあどけない顔は今ではどこにもない。

　緑色の瞳は今も変わらなかったが、やはり昔のような無邪気さはない。父の死からずっといろんなことがあり、少女のままではいられなかったからだ。

　一方、エレンはアンジェリンより年上だが、姉のような優しさは持ち合わせていなかった。彼女には兄と嫁いだ姉がいて、末っ子で甘やかされていたせいか、他人を思いやる気持ちがないようだった。従姉妹のアンジェリンをメイドとして扱うことに疑問も抱かず、平気で顎《あご》で使っている。それどころか、悪し様に罵《ののし》るのだ。

　もちろん、叔母や義理の叔父が引き取ってくれなかったら、アンジェリンは路頭に迷うところだった。だから、感謝はしている。それでも、メイド扱いしておきながら、本当のメイドなら払うべき給金を払わないのだ。そこのところだけは家族扱いということで、給金の代わりにアンジェリンが受け取るのは、少額の小遣いだけだった。

エレンは鏡の中で高慢《こうまん》な顔を歪《ゆが》ませた。

「何をグズグズしているのよっ。早くしなさいと言ったでしょう?」

アンジェリンは気を取り直して、彼女の髪に軽くブラシをかけ、最新の流行の形に結い上げた。エレン付きの小間使いは別にいるのだが、彼女の支度にいつもアンジェリンが呼び出されるのは、この特技があるからだった。

いっそ、この特技を生かして、よその家で小間使いとして雇ってもらえないだろうかと思うときがある。そうすれば、もう少しまともな暮らしができるかもしれない。きちんと給金をもらえたら、自分の身を飾るものだって少しは買えるはずだ。

そう思ったが、すぐにアンジェリンは自分の浅ましい考えを恥じた。

世の中はお金がすべてではないわ……。

もちろん、お金がなくては惨《みじ》めな思いをすることになるが、どこにも行き場のなかった自分を引き取ってもらったという恩《おん》があった。自分はその恩に対して、こうして働くことで返している。少しくらいエレンにきついことを言われたくらいで、不満を持つなんて、よくないことだ。

髪飾りをつけて、全体の具合を見る。少なくとも髪型は綺麗にできた。エレンも満足そうに笑みを浮かべた。

「ふん。なかなかね。これでアシュリー伯爵《はくしゃく》の気を惹《ひ》けるわ」

アシュリー伯爵の名は、何度かエレンの口から聞いたことがあった。なんでも、花婿として理想的なのだそうだ。爵位があり、資産もあり、何より美しい容貌の持ち主だという。

だが、アンジェリンにはなんの関係もないことだった。エレンがその伯爵の気を惹き、結婚したとしても、自分には結婚する機会すらないだろう。従僕からも距離を置かれている。何しろ、メイドのような雑用仕事をしていても、アンジェリンはこの家の親族には違いないからだ。

わたしはこのままここで年老いていくのかしら……。

恋した人はいた。ガイ・リーストン。彼の花嫁になりたいと、真剣に考えたこともあった。もちろん、少女の空想でしかなかったわけだが。

彼はアンジェリンとのキスを咎められて、馬番を首になった。アンジェリンの父に出ていけと言われたのだ。だから、彼は荷物をまとめて、その日のうちにステイベリー家から去っていった。

父に自分が悪かったのだと言ったのだが、アンジェリンの言葉は信じてもらえなかった。悪いのはガイだと決めつけていたのだ。

ガイが去るとき、アンジェリンは窓から彼の後ろ姿を見つめていた。彼は一度だけ振り返り……そして、アンジェリンに気づくと、鋭い目で睨みつけた。

それがガイを見た最後だった。あれから、ガイは病弱な母を連れて、どこかへ旅立った。アンジェリンのせいで、仕事を失い、そして家も失ったのだ。彼の借家は父のものだったからだ。

今も思い出すと、胸が痛む。アンジェリンはあれからずっと後悔し続けていた。

「じゃあ、わたしはまだ仕事があるから……」

アンジェリンは鏡の中の自分から目を逸らして、エレンの部屋を出た。実際、仕事はまだたくさんある。メレディス家では、今夜、舞踏会が行なわれる。その準備で使用人全員が忙しいのだ。

わたしも使用人の内だから……。

アンジェリンはそう考えて、一人で苦笑した。

これはガイをひどい目に遭わせた罰《ばつ》なのだ。なんの関係もないかもしれないが、苦しいとき、そんなふうに考えるようにしている。

あれから彼はどうなったのかしら。今頃、結婚しているかもしれない。子供も何人かいて、どこかで静かに暮らしているだろう。

いや、そうであってほしい。彼が不幸になっているとしたら、それはアンジェリンの責任だ。

いずれにしても、もう会う機会などないだろう。彼の行方は判らないし、調べる手立てもない。それに、行方が判ったとしても、どうにもならない。自分はメレディス家で朽ち果てていく運命なのだから。

ただ、もう一度だけ会えたなら、あのときのことを謝りたい。彼に罪を着せてしまったことを。

アンジェリンは狭い使用人階段を下りて、ホールへと向かった。花の飾りつけをするために。


舞踏会は華々しく行なわれた。美しいドレスを着た貴婦人や、初々《ういうい》しい淑女《しゅくじょ》。そして、正装をした貴族などがたくさん集まっている。楽団の演奏が聞こえてきて、多くの客が踊り始めた。

ステイベリー家でも、何度か舞踏会を催《もよお》したことがある。しかし、当時、アンジェリンは子供であったため、子供部屋に家庭教師と閉じ込められていて、こんな光景を目にすることはできなかった。

今、この場において、アンジェリンはただ軽食や飲み物の準備をするメイドでしかなかった。ダンスを楽しむ淑女の仲間入りをすることもない。いつかは社交界にデビューできると信じていたこともあったのに。

失ったものを嘆《なげ》いても仕方がない。人の運命というものは、誰にも変えられないものなのだ。だとしたら、今、手の中にあるもので我慢しなくてはならない。

そう、少なくとも、わたしは路頭に迷っているわけではないわ。住むところもなく、食べ物もなく、身を売ることしかできない女性もいるのだから。彼女達に比べれば、わたしはまだまだ幸せよ。

アンジェリンは自分に誇りを持とうと思った。メイドだからといって、己《おのれ》を卑下《ひげ》することはない。自分は犯罪など犯していない。ただ、労働しなくては生きていけない身だというだけだ。

デザートをトレイに載せて運び、それをテーブルの上に並べていく。歓談している紳士淑女の邪魔にならないように、そっと厨房へ戻ろうとして、アンジェリンはふと視線を感じた。

なんの気なしに振り返り、そちらに目をやった。

そこにいたのは、一人の紳士だった。

長身の黒髪の紳士だ。あの背格好に何故か見覚えがあるような気がして、アンジェリンはドキッとした。

いいえ、そんなはずはない……。

でも、似ているわ。あの射るような鋭い眼差し。寄せられた眉。引き結ばれた薄い唇。ガイに似ている。ガイそのものだった。彼がステイベリー屋敷から去るときに見せた、憎しみをたたえた顔にそっくりだった。

「まさか……！」

こんなところにガイがいるはずがない。ガイは馬番だった。彼はどう見ても、上流階級の紳士で、その服装は上質なものだ。

だが、あの頃、上流階級の令嬢だったアンジェリンが今はメイドなのだ。馬番だったガイが何かの理由で紳士にならないとも限らない。

それでも、とても信じられなかった。彼の視線はアンジェリンに向けられている。ただのメイドを見る目ではない。

アンジェリンは彼に近づいて、確かめたかった。だが、そのとき、客の一人とぶつかってしまう。

「なんだ、邪魔だぞ」

でっぷりとした男性に見下したような目つきで見られて、アンジェリンははっと自分の立場を思い出した。

「も、申し訳ありません！　お許しください！」

アンジェリンは逃げるようにして、その場から離れた。メイドのくせに、客に見とれるなんて、あるまじきことだろう。

でも、本当はメイドではないのに……。

アンジェリンは頭を何度か振った。そんなことを考えても、もう仕方がない。誰が見ても、メイドの格好をして働いている自分が、メレディス夫人の姪だとは思えないだろう。

あの男性がガイであるはずがないのだ。馬鹿げた夢を見るのはやめよう。彼が馬番を辞めさせられ、屋敷を去った後、アンジェリンはよく空想したものだ。ガイが自分の許《もと》に戻ってくることを。

まるで王子様を夢見るように。

いや、正確にはそうではない。王子様のようでなくてもいいのだ。彼がただの馬番でもいい。あのままのガイが好きだった。今でもずっと自分の心の中にはガイがいる。二度と会えなくても、忘れたりしない。

アンジェリンは何度、あの愚《おろ》かな自分の行動を後悔したことか。あんな馬鹿なことをしなければ、今もガイとなんらかの繋がりが持てていたかもしれないのに。

ステイベリーの地所から出ていったガイは、あれからどこへ行ったのだろう。家まで追い出されて、さぞかしアンジェリンのことを恨《うら》んでいるに違いない。

アンジェリンは忙しく立ち働いた。ワルツも華やかなドレスも、もう自分の世界には存在しないものだ。未練たらしく見ていても、心が傷つくだけだった。だが、それなのに、アンジェリンは強い視線を感じて、度々《たびたび》、ガイに似た紳士のほうに目が引き寄せられてしまう。

その紳士に、見慣れた女性二人が近づいていく。叔母とエレンだ。彼女達は媚《こ》びたような笑顔で、彼に話しかけた。アンジェリンの胸の内に、炎のようなものがさっと過《よぎ》った。この感情には覚えがある。ガイがメアリーとキスしていたのを目撃したときに感じたものだ。

嫉妬《しっと》……？

彼はガイではないのに。

叔母の甲高い声が聞こえてきた。彼をアシュリー伯爵と呼んでいる。それでは彼が、エレンが狙っている男性なのだ。

アシュリー伯爵……。

もちろんガイではなかった。ガイが伯爵のはずがない。

アンジェリンは彼がアシュリー伯爵であったことと、エレンに笑顔を見せていることに落胆してしまった。きっと、もう少し近づいたら、ガイとは似ても似つかぬ顔をしているのだろう。ガイと少し似ているくらいで嫉妬する自分を、アンジェリンは馬鹿馬鹿しく思った。

自分は疲れているのかもしれない。今は飲み物のグラスも足りているようだ。少し休みたい。本当に朝から休みなく働いていたのだから。

アンジェリンは厨房に行かず、使用人の居間のような場所に行こうとしていた。使用人の仲間とは見なされていない自分が、そこで心から寛《くつろ》げることはなかったが、他に行く場所もない。まさか屋根裏の自分の部屋まで引っ込むわけにもいかないだろう。

「ああ、君。ちょっといいかな?」

少し酔《よ》ったような男の声が後ろからした。振り向く前に、アンジェリンは腕を強い力で摑まれた。

「何か御用でしょうか?」

男はだらしなく笑いながら、アンジェリンの腕を引っ張ろうとしている。手を振り払いたかったが、彼は客人だ。邪険にするわけにもいかない。

「ちょっと……こっちに来てくれないか？　大変なことが起こってね」

大変なこととはなんだろう。アンジェリンは眉をひそめた。客人に何かあったら、叔父と叔母に当り散らされてしまう。もっとも、そんなことまで自分の責任だとは思えなかったが。

「大変なこととは？　あの……他の者も呼んで参りましょうか？」

「いいから。こっちに来るんだ」

男は強い力でぐいぐい引っ張っていく。そして、書斎の扉を開くと、アンジェリンを押し込んだ。

ランプの淡い光が室内を照らしている。だが、そこには誰もいなかった。それに、何事も起こっていないように見える。

「あの……一体……きゃっ」

男にいきなり抱きつかれて、アンジェリンは小さな悲鳴を上げた。

「何をするんですかっ！」

「静かに。ただ、君は黙って、わたしの相手をしてくれればいいんだよ」

離れようともがいているのに、男はますますアンジェリンを抱き締めようとしてくる。

彼の言う『相手』など、務められるわけがない。アンジェリン自身は実際に経験がなくても、いやらしい目的で襲ってくる男性がいることは知っている。その行為がどんなものなのか、聞きかじったこともある。

しかし、それは本来、結婚した男女がするべきことだ。こんな見知らぬ男に、自分が穢《けが》されていいはずはなかった。

「いやっ……やめて！」

アンジェリンは滅茶苦茶に手を突っぱねた。どうにかして、この男の腕から逃れなくてはならない。けれども、男は容赦《ようしゃ》なくアンジェリンをソファに押し倒した。そして、いやらしい手つきで胸を触ってくる。

アンジェリンは恐怖に襲われて、甲高い悲鳴を上げる。すると、男はアンジェリンの口を手で塞いだ。

「やめろ。抵抗するんじゃない！　おとなしくしないと、ひどい目に遭わせるぞ！」

なんて男だろう。これ以上、ひどい目なんてないに違いない。アンジェリンがなおも抵抗しようと脚をばたつかせていると、突然、書斎の扉が乱暴に開かれた。

その音に驚いた男が飛び退《の》いた。アンジェリンは自分を押さえつけていた男から逃れられてほっとしたが、書斎に入ってきた紳士の姿を見て、思わず震えてしまった。

それは、ガイに似た紳士、アシュリー伯爵だったからだ。

彼は男に向かって、侮蔑《ぶべつ》的な口調で言った。

「招かれた屋敷のメイドに手を出すなんて、あまり褒《ほ》められたことではないな」

男は顔を赤くして、言い訳をする。

「いや……その、ちょっと酔っていたみたいだ。メイドなんて、別に僕の趣味じゃないさ」

男はごまかし笑いをしながら、書斎を出ていった。アンジェリンは動揺していたが、それでもなんとか気を取り直して、ソファから立ち上がった。ガイに似た彼に、こんなところを見られるなんて屈辱だった。しかし、彼が現れたことで、助かったのも事実だったのだ。

「あの……助けてくださって、ありがとうございます」

震える声でお礼を言いながらも、アンジェリンは彼の目を見られなかった。彼はあまりにもガイに似すぎていたからだ。

「アンジェリンお嬢様も今は落ちぶれてメイドか」

彼の言葉に、アンジェリンは弾かれたように顔を上げた。

そこにいたのは、確かにガイだった。懐かしい琥珀《こはく》色の瞳が冷ややかに自分を見つめていた。

あれから六年経っているから、今の彼は二十四歳だ。あのときはまだあった少年の面影《おもかげ》はもうない。痩せてはいないし、肩幅も以前よりは広い。ひょっとしたら、あのときから背も伸びたかもしれない。アンジェリンをすっぽり包んでしまうくらい立派な大人の体格になっていた。

顔もまた以前のような甘い雰囲気はない。代わりに、何か威厳《いげん》のようなものをたたえていた。

「ガイ……！　本当にガイなの？」

彼は皮肉めいた笑みをその唇に浮かべた。

「目が合ったのに気づかなかったのか？　まあ、無理はないか。昔の僕はただの馬番だったからな」

「でも、嬉しい！　あなたにもう一度、会えるなんて思わなかった！」

どれほど会いたかったことか。まるで神様が自分の願いを叶えてくれたような気がして、アンジェリンは彼に近づこうとした。が、彼の冷ややかな眼差しを見て、足を止める。そんな表情はガイには似合わない。まるで、アンジェリンを見下しているように思える。

大広間で、何度もガイの視線を感じていた。つまり、彼はアンジェリンに気づいていたということだ。あのとき、彼は鋭い眼差しをしていて……。

彼はわたしに会えて、嬉しいわけではないんだわ。

アンジェリンは彼がステイベリーの屋敷を去るときの表情を思い出した。あれは自分のせいだった。子供っぽい嫉妬にかられて、愚かな行動に出てしまった。それがどんな結果を招いたかを考えれば、彼に今も憎まれていたとしても仕方がない。

「どうした？　僕に会えて嬉しいんじゃなかったのか？」

ガイは笑みを浮かべたが、それはとても友好的なものには思えなかった。アンジェリンは落胆して、目を伏せた。やっと会えたと思ったのに、神様はなんて残酷《ざんこく》なのだろう。彼は今もあのときのことを恨んでいるに違いない。

「わたし……あのときのことを謝らなくては。本当にごめんなさい。わたしがしたことだと、お父様に何度も言ったけど、聞き入れてもらえなくて……」

「ほう？　君の父親には、娘はいつもおまえが誘惑してくると言っていると責められたが」

「そんな……！」

どうして父はそんなことをガイに言ったのだろう。信じられない。アンジェリンが嘘をついているとでも思ったのだろうか。

「本当よ。わたし……わたし……」

ガイは肩をすくめた。

「今更、六年も前のことを言い合っても仕方がない」

確かに過ぎたことはどうしようもない。父がどんなつもりだったのか、もう亡くなってしまったのだから、訊くことはできないのだ。

「あの……あなたはあれからどうしていたの？」

アンジェリンは彼の上等な服を見て、尋ねた。今の彼が裕福な暮らしをしていることは、間違いない。

「住んでいた家を追い出されたから、母と共に、父方の伯父の許へ行った」

「アシュリー伯爵って呼ばれていたのを聞いたわ」

ガイは唇を歪めて笑った。

「そうだ。父は伯爵の次男だった。驚いたかい？　君の家の馬番は伯爵の孫だったんだ。母だって貧しかったが、決して血筋は悪くなかった」

彼が馬番でありながら、上流階級で育ったような品のよさがあったのは、そのためだったのか。アンジェリン自身、名家と呼ばれる家に育ちながら、こうして今はメイドをしている。運命はこうして変わっていくものだと、子供の頃には理解できなくても、今なら納得できた。

「伯父には子供がいなかった。だから、伯父亡き後は爵位を継いだんだ。今は馬番ではないし、貧しくもない。君のほうもずいぶんいろんなことが起こったんだろう？」

ガイはアンジェリンの黒いドレスと白いエプロンをじろじろと見てくる。その目つきだけで、アンジェリンは傷つけられたような気がした。

「ええ……。父が亡くなって、この家に引き取られたの。母方の叔母の家なんだけど……」

「よくあることだ。君は給金のいらないメイドというわけだ」

アンジェリンは頬を染めた。そこまで見抜かれているとは思わなかった。ただのメイドならまだしも、メイド扱いされているだけという中途半端な立場は、よくあることなのだろうか。自分なら、たとえ貧しくても、頼ってきた親戚の少女をこんな目に遭わせたりしないのに。

「だが、君はなかなかしたたかだな」

「え……?」

どういう意味なのか判らず、アンジェリンは目をしばたたいた。ガイはそんな彼女をふんと鼻で笑った。

「純朴《じゅんぼく》な娘の真似はやめたほうがいい。君はあんな男をここに引き込んで、何をするつもりだったんだ?」

アンジェリンはあっけに取られた。彼がまさかそんなふうに考えているとは、思わなかったからだ。

「わたし、引き込んだりしていないわ。あの人がわたしを引き込んだのよ！」

「彼は独身の貴族だ。それを知っていて、誘惑しようとしていたんじゃないのか？　だが、残念だったな。今の君はたとえメレディス夫人の姪だと主張したところで、認めてもらえない。ただのメイドと戯れているところを誰かに目撃されたとしても、彼は君にプロポーズしないだろう」

ガイは本気で、アンジェリンがあの男を誘惑して、結婚しようと企んでいたと考えているのだろうか。

彼はもう昔の優しかったガイとは違うのだ。あの頃の彼なら、こんなふうには思わなかっただろう。少なくとも、アンジェリンのことをいつでも信じてくれていたはずだ。

「どうして、そんなふうに思うの？　わたしはあの人に騙《だま》されて、連れてこられただけなのに」

ガイが助けてくれたと思っていたが、本当に助けてくれるつもりだったのだろうか。たまたま、あの男が逃げていってくれただけで、彼は別にそんな気はなかったのかもしれない。

アンジェリンは悲しげな眼差しをガイに向けた。しかし、彼は氷のような冷たい表情を崩さなかった。

「君はメイドでいるのが嫌なんだろう？　そのために、上流階級の夫を捕まえようとした。だが、今の君は愛人になるくらいしか価値がない」

　ガイはアンジェリンを容赦《ようしゃ》なく傷つけた。彼は六年前のことなど、どうでもいいようなことを言っておきながら、あのときの仕返しをしたいのだ。

「愛人なんて……」

「愛人で我慢するんだな。裕福な男の愛人になれば、メイドとして働かなくてもいいだろう。宝石やドレスも買ってもらえる。運がよければ、家も持たせてもらえるかもしれない。それに見合う働きをしなくてはならないがな。もちろん、メイドとしてではなく、愛人としての働きだが」

　アンジェリンは屈辱《くつじょく》のために、頭の中がカッと熱くなった。こんな侮辱をするなんて、許せない。

「わたしは愛人になんてならないわ！」

　思わず手を振り上げて、彼の頬を打とうとした。だが、その前に、ガイに手首を捉えられてしまう。彼の手を振り払おうにも、あまりに強い力で握られて、アンジェリンは痛みに顔を歪めた。

「放して！」

「客に手を上げるなんて、躾《しつけ》の悪いメイドだ」

ガイがアンジェリンの手をぐいっと引っ張った。

「あっ……」

バランスを失い、彼の胸に倒れ込む。彼はアンジェリンのうなじに手をやると、素早く顔を近づけてきた。

唇が重なる。六年前のあのときのように。

アンジェリンは身体を強張《こわば》らせた。

思いがけないキスだった。あれから六年も経った今、ここでガイと再会して、キスをされている。もう二度と会うこともないと思っていたガイに。

ガイがアンジェリンの手首をぎゅっと握った。痛みで悲鳴を上げそうになったが、その隙をついて、ガイがアンジェリンの口の中に舌を滑り込ませてきた。

全身がカッと熱くなる。これは怒りのせいではない。自分でもよく判らない身体の反応のせいだった。キスといえば、唇を重ねるだけだと思っていたのに、こんなキスの仕方があるとは今まで知らなかった。

ガイの舌が自分の舌に絡みついてくる。鼓動が驚くほど速くなっていた。身体中を熱い血が駆け巡っているように思えて、アンジェリンはどうしたらいいか判らなかった。

不意に、ガイはアンジェリンを突き飛ばすようにして、身体を離した。彼の眼光はギラギラ光っている。今まで恋人同士のようなキスをしていたと思っていたのに、今の彼はアンジェリンを憎んでいるようにしか見えなかった。

「こんなキスなんて、君にとって意味はないんだろう？　よく知りもしない男に身を任せようとするくらいだから」

「違うわ！　わたし、そんなことしようなんて思ってなかった……」

ガイはアンジェリンを身持ちの悪い娘と決めつけている。金目当てに裕福な男と結婚したがっている、と。

そんなはずないのに。わたしのことをよく知っていたガイなら、そんなこと考えるはずがないのに。

けれども、あれから六年の年月が経ち、ガイはもう昔のガイではなくなっていた。そうさせてしまったのはアンジェリン自身かもしれなかったが、悲しくて仕方がない。

彼は裕福な伯爵になったが、その代わり、昔の優しさをどこかで失くしてしまったのだろう。

ガイは手の甲で唇を拭いた。彼からしてきたキスなのに、まるで汚れたかのように振舞っている。アンジェリンは悲しくて、涙が出そうになった。

わたしには懐かしい思い出に浸る贅沢《ぜいたく》も許されないと言うの？

だが、彼に憎まれても当然なのだ。幸い、彼とはもう顔を合わせることはないだろう。住む世界が違うからだ。メレディス家でまた舞踏会が開かれたとしても、彼のほうだって、出席しようと思わないだろう。もう自分の顔など見たくないに決まっている。

「僕には関係のないことだが、相手は選ぶんだな。愛人にしてもらえるならいい。身体を弄《もてあそ》ばれて、おしまいってことも考えられる。よくない病気をうつされることも」

アンジェリンは身震いをした。そんな醜《みにく》いことを考えるガイは、本当に少年だった頃の優しさをすべて失ってしまったに違いない。

「ガイ……わたし、本当に……」

「君のことには、もう興味はないよ。メイドになったお嬢様をただ見物したかっただけだ」

ガイは唇を歪めて笑うと、書斎を出ていった。一人残されたアンジェリンは、どうしようもない空しさを覚えた。

いつかガイに会えるかもしれないと思っていた。それは漠然《ばくぜん》とした夢だった。彼があのときのことを許してくれて、彼の花嫁になれたらいいと思っていた。今なら、身分違いではないと思ったからだ。

そう。馬番とメイドなら……。

けれども、今度もまた身分違いだ。伯爵とメイドがどんな関係になれるというのだろう。それこそ、愛人になれたらいいほうだろう。大概が弄ばれて終わりだ。そして、ガイはその程度の遊びすら、アンジェリンとする気はないのだ。

今さっきのキスは、それを判らせるためのものだったに違いない。

アンジェリンの頬に涙が零《こぼ》れ落ちていく。

これほど悲しいのは、父が亡くなって以来だった。ガイと再会して、あの日のことを許してもらう夢はもう壊れてしまった。

これから、どうやって生きていけばいいだろう。メレディス家の無給のメイドとして、ただ年老いていくのだろうか。

アンジェリンは白いエプロンで涙を拭《ふ》き、再び自分の仕事をするべく、厨房《ちゅうぼう》に戻った。

わたしは他にどうすることもできないのよ……。

今、初めて、アンジェリンは父を恨んだ。

ガイはアンジェリンと別れてから、すぐにメレディス邸を出た。

メレディス夫人とその娘には引き止められたが、用事は済ませたのだから、長居するつもりはなかった。正直言って、実の姪をメイド扱いして平気なメレディス夫人の冷たさにはぞっとする。

メレディス家がこれほど裕福でありながら、そんな仕打ちをするとは、どれほど性根《しょうね》が腐《くさ》った女なのだろう。その夫であるメレディスは妻の尻に敷かれるような男だが、義理の姪をメイドとして働かせているということが世間にばれたら、どれだけ信用を失うのか、考えなかったのだろうか。

そして、その娘……エレンといったか。彼女がどんな娘なのか、情報が入っている。伯爵夫人になりたいという素振りをしていたが、少なくとも彼女がアシュリー伯爵夫人になる可能性はまったくない。

ガイは待たせていた馬車に乗り込み、屋敷への帰途に着く。アシュリー伯爵家の紋章がついている豪華な馬車だ。六年前、馬番として働いていた頃には、こんな馬車に乗るような身分になろうとは想像もしていなかった。

ガイはスプリングの利いた座席で、窓の外をちらりと見た。メレディス邸は煌々《こうこう》と灯りがついていて、まだ楽団による演奏が続いている。

ガイの今夜の目的は、アンジェリンに会うことだった。

もちろん、旧交を温めるつもりなどない。これは復讐《ふくしゅう》だ。

六年前、あの我がまま娘のせいで、仕事を失っただけでなく、ステイベリーの地所からも追い出された。母は病弱で、環境の変化に耐えられない身体だったが、出ていけと責め立てられて、どうしようもなかったのだ。

母方の近い親戚はいなかった。だから、頼るのは父方の親戚しかいなかった。

父は伯爵の次男だったが、没落した名家の出である母と恋に落ちた。結婚を反対され、やむなく駆け落ちしたものの、伯爵の怒りを買い、勘当《かんどう》されたのだ。二人は貧しい暮らしをしていたが、それでも幸せだったという。二人が求めたものは上流階級の豊かな生活ではなく、愛のある温かな家族だったからだ。

そんな経緯《けいい》で両親は結婚したものだから、母と自分が伯爵に今更泣きついたとしても、容易に受け入れてもらえるとは思わなかった。しかし、領地の中のあばらやでも提供してもらえれば、なんとか仕事を見つけて、暮らしていけると思ったのだ。

伯爵である祖父はもう亡くなっていた。そして、伯父が爵位を継いでいた。伯父は子供がいなかったため、ガイを後継者に据えることに決めた。だが、それには非情な条件がついていた。

母と縁を切ることだった。

もちろん、そんなことは考えられない。そんな選択をするくらいなら、のたれ死んだほうがマシだ。

けれども、母はそうは考えなかった。領地の外れの小さなコテージと幾《いく》ばくかの金をもらい、自らガイと離れた。息子のために、身を引いたのだ。彼女はガイと別れてから病にかかった。そして一年後にはこの世を去った。身体が弱かった彼女にとって、ステイベリーの地所からアシュリー伯爵の領地まで旅をするのは、大変なことだったのだ。

あのとき、アンジェリンがあんなふざけた真似さえしなければ、母はまだ死なずにいたはずだ。たとえ死んだとしても、あんなふうに自分との間を引き裂かれることはなかっただろう。

そうだ。母を失ったのは、アンジェリンのせいだ。

ガイは立場にふさわしい教育を、伯父に施してもらった。そして、伯父亡き今は、伯爵となった。莫大な遺産も相続した。

だが、そんなものは本当はいらなかった。母がいてくれれば、それだけでよかったのに。

ガイはアンジェリンの父が亡くなったことは聞いていた。アンジェリンが財産をすべて失ったことも。

しかし、引き取られた親戚の家できっとのうのうと暮らしているに違いないと思っていた。あるとき、ガイは彼女をロンドンの街で見かけた。

彼女はメイドの制服を身につけていた。粗末なドレスに白いエプロンをつけた姿なのに、彼女は美しかった。

もう、少女なんかではなかった。あの生意気な子供ではなく、美貌《びぼう》を持つ女性と成長していた。

あのとき、ガイの心に何かが芽生えた。

これは……復讐心だ。

最初は、メイドとなった彼女を侮辱してやるだけのつもりだった。そのために、今夜、メレディス家の舞踏会に出かけたのだ。

だが、実際に会い、言葉を交わした今は、それだけでは足りないことに気がついた。

彼女の人生を支配してやる。そして、一生消えない心の傷を与えるのだ。

彼女のせいで狂った自分の人生と同じくらいの苦しみを与えてやろう。

ガイはふと、彼女の身体の温もりを思い出した。いや、思い出したのは温もりだけではない。自分の身体に押しつけられたあの柔らかい身体を、味わってみたい。それを止められるものなど、ないはずだ。

今や自分は伯爵だ。金もある。彼女のほうは貧しく、立場も弱い。

彼女の身も心も弄んでやろう。

そして……。

彼女の父に出ていけと言われたように、彼女にも言ってやるのだ。

『おまえの顔など二度と見たくない』と……。

絶対、そう言ってやる。

ガイは心に固く誓った。


あの舞踏会から数日経った。

アンジェリンは相変わらず忙しい日々を過ごしていた。叔母から言いつけられた細々とした買い物を済ませて帰ろうとしていると、屋敷の前に馬車が停まるのが見えた。

馬車から降りた男は、ガイだった。彼はアンジェリンに侮蔑の視線を走らせると、玄関から屋敷の中へと入っていった。一方、アンジェリンは裏手に回り、使用人の出入り口から入る。彼は一体、何をしに来たのだろう。ひょっとしたら、エレンを訪ねてきたのかもしれない。

そう考えて、アンジェリンは胸が締めつけられるような気がした。

もし、ガイがエレンにプロポーズするようなことがあったら……。

想像しただけで、ぞっとした。もし、万が一、そんなことになったら、アンジェリンはこの屋敷を出ていこうと決心した。

ガイには憎まれているが、アンジェリンはまだ彼に心を残している。そんな状態で、エレンが彼の妻になるところなんて見たくない。よその屋敷で、本当のメイドになるほうが、ずっといい。どうせ、この屋敷にいたところで、自分はただ年老いて、ひからびていくだけなのだから。

ガイは書斎に通された。どうやら、叔父と話をするために来たらしい。仕事の話かもしれない。アンジェリンがほっとして雑用をこなしていると、呼び出しのベルが鳴らされた。彼女はやりかけの仕事を放って、応接室に向かう。

そこには、叔母とエレン、そしてガイがソファに座っていた。彼はやってきたアンジェリンにちらりと目を向けたが、関心はないようだった。

アンジェリンの胸が痛んだ。おまえはただのメイドだと言われたような気がする。だから、メイドごときに関心を払ったりしないのだと。

叔母もエレンもガイの前だと態度が違う。いつもは居丈高なのに、今は優しい雇い主のように、叔母は甘ったるい声を出した。

「アン、お茶をお願い。お菓子もね」

どちらにしても、メイド扱いされてしまうのだ。いつものことだが、ガイの目の前で、こんな扱いをされたくなかった。

「はい」

アンジェリンは短く返事をすると、厨房へと向かった。ガイはやはりエレンに会うために来たのだろうか。けれども、最初は叔父に用事があるようだったのに。

もしかして、エレンにプロポーズしたいと、叔父に話をしたとか。

自分の想像に、アンジェリンの胸は痛んだ。そんなことは信じられない。しかし、メレディス家は貴族ではないにしろ、それなりの名家だ。裕福でもあり、エレンは伯爵の結婚相手として、遜色《そんしょく》はないようにも思えた。決しておかしな縁組みとは言えないだろう。

アンジェリンはお茶の用意をして、再び応接室へ向かう。そして、テーブルに紅茶のポットとティーカップ、クッキーを並べた皿を置いた。

ガイとエレンは笑いながら話をしている。それを見るのも聞くのも苦痛だった。そそくさと立ち去ろうとするアンジェリンに向かって、エレンが言った。

「アン、昨日着たドレスの裾《すそ》がほころびていたわ。繕《つくろ》っておいて」

「はい……」

エレンはガイに笑いかけた。

「まったく。この子ったら、気が利かないのよ。ドレスのほころびくらい、言われなくても、気づくべきよね。何かというと、すぐ怠《なま》けようとするんだから」

アンジェリンは真っ赤になった。ガイの前で、こんな恥をかかされるとは思わなかった。エレンだけならまだしも、ガイも口元に薄笑いを浮かべて言った。

「怠ける使用人には罰を与えればいいんですよ」

これが、あの馬番だったガイの言うことなのか。アンジェリンはさっと青ざめた。彼は自分が使用人だった頃の気持ちを、すべて忘れてしまったのだろうか。

叔母が甘ったるい声を出した。

「使用人の監督は、女主人の役目ですからね。でも、エレンは女主人として必要なことはすべて身につけています。どこへ出しても恥ずかしくありませんのよ」

つまり、エレンは伯爵夫人になるにふさわしいと言っているのだ。やはり、彼はエレンを花嫁に選ぼうとしているのかもしれない。アンジェリンはこれ以上、聞いていられなくて、その場を去った。

わたしはまだガイのことが好きなんだわ……。

だから、エレンと結婚するかもしれないと想像するだけで、これほど動揺してしまう。そして、彼から憎まれているのかと思うと、心が傷ついてしまうのだ。

あの六年前のキスをもう何度、後悔したことだろう。しかし、どれほど後悔したとしても、彼はアンジェリンを許しはしないのだ。

エレンの衣装戸棚からドレスを取り出し、裾がほころびている部分を繕うことに専念した。ガイのことはもう考えたくない。つらくなるだけだからだ。

繕ったドレスを衣装戸棚に戻していると、エレンが部屋に入ってきた。

「わたしの部屋で何しているのよ？」

エレンはガイの前では決して出さないような意地悪な声で尋ねてきた。

「繕ったドレスを片付けていただけです」

「あら、そう。わたしのドレス、たくさんあるけど、盗まないでね」

「盗んだりしません！」

アンジェリンが憤慨《ふんがい》しても、エレンは鼻で笑っただけだった。こんな彼女がガイの花嫁になるのだろうか。他人のことを悪くは言いたくないが、外面だけで騙《だま》されて結婚したら、ガイはきっと後悔することだろう。

「ねえ、アン。わたし、伯爵夫人になれるかもしれないわ」

アンジェリンはギクッとして、エレンの毒のある笑顔を見つめた。

まさか、本当に彼女にプロポーズしたのだろうか。花嫁衣装を着てベールをかぶったエレンがガイとキスしているところを想像して、愕然《がくぜん》とする。

「あの方、お父様に用事があるようなふりをして、本当はわたしに会いにいらしたのよ。きっと、この間の舞踏会でわたしを見初めたのよね。また訪問してくださるって、おっしゃってたわ」

それならば、プロポーズはまだということだ。しかし、これからもガイがエレンを訪問して、その度にお茶やお菓子を出すのは、苦痛でしかない。叶わぬ夢を間近で見せつけられているような気になるだけだろう。

エレンはふふっと笑って、アンジェリンの顔を覗き込んだ。

「アンもあの方が素敵だと認めるのね？　でも、生憎《あいにく》だわね。メイドなんか、あの方の眼中にはないわ。良家の令嬢だけが、あの方の花嫁になれるのよ」

アンジェリンはエレンの笑い声を聞いて、虚《むな》しさを感じた。自分も紛《まぎ》れもない良家の令嬢だ。しかし、今は財産を失っている。もちろん、ガイには憎まれているから、財産があったとしても、同じことだ。彼はアンジェリンだけは花嫁に選ばないだろう。

「だから、あの方に色目を使っても無駄よ」

「色目なんて……使ってないわ」

「物欲しそうな目で、見ていたくせに。でも、あの方はあなたには興味がない。怠ける使用人には罰を与えろですって。わたしも賛成よ」

そもそも、自分は使用人ではないし、怠けてもいない。そう言いたかった。だが、身寄りのない娘がどうにか暮らしていけたのは、ここに引き取られたからだ。彼らがアンジェリンを使用人として扱おうが、彼らの勝手ということなのだ。

財産を失くした娘は、もっと悲惨な末路を迎えることもあるのだから。

「エレン、わたしは他に仕事があるから……」

「ああ、そうよね。しっかり仕事をしなさいな。ここを追い出されないようにね」

エレンは楽しそうに、ひらひらと手を振った。


それから、何度かガイはメレディス家を訪問した。

彼はまず書斎で叔父と何か仕事の話をして、それから応接室でエレンと叔母を相手に、お茶を楽しんだ。いや、彼が楽しんでいるかどうかは、アンジェリンには判らなかったが、エレンと叔母が楽しんでいるのはよく判った。

彼が訪ねてくる度に、アンジェリンはお茶とお菓子を持っていかされた。見たくない場面を見せられるのが、たまらなく嫌だった。彼がエレンを花嫁候補に入れているのではないかと思うと、胸が苦しくなってくるからだ。

アンジェリンが知らないだけで、その話はもう進んでいるのかもしれない。そのために、彼は足繁く、この家に通っているのではないだろうか。

朝から晩まで、アンジェリンはこまねずみのように忙しく働いていた。そのせいで、日中はあまり悲しむ暇もなかった。しかし、夜、狭い屋根裏部屋のベッドに疲れた身体を横たえると、悲しみが込み上げてきた。

どうにもならない運命を嘆いても仕方がないのは、よく判っていた。そして、過去を悔いても、もう時間は戻らないのだということも。

そう。舞踏会の夜のキスには、なんの意味もないのよ……。

涙が枕を濡らす夜は続いた。ある日、アンジェリンは叔父に書斎へと呼び出された。

叔母にはよく用事を言いつけられていたが、叔父に呼びつけられるのは初めてだった。彼はアンジェリンに無関心ではあったが、さすがに義理の姪をメイド扱いするのは気が引けたのかもしれない。

とはいえ、自分の妻に逆らうほどの気概はないようだった。彼はいつも叔母の言いなりだったからだ。つまり、アンジェリンをメイド扱いするということを決めたのは、血の繋がりがある叔母自身だったということだ。

確かに叔母とは疎遠ではあったし、彼女にしてみれば、よく知りもしないアンジェリンを引き取りたくはなかったのだろう。はっきり邪魔だと思ったのかもしれない。アンジェリンは一人娘だったから想像するしかないが、姉の忘れ形見なら、もう少し優しく接してもおかしくはないと思うのだが。

叔母はきっと生まれつき冷たい人間なのだ。それが、アンジェリンが出した結論だった。

アンジェリンは書斎の扉をノックして、開いた。舞踏会の夜、ここで起こったことを思い出したが、それに伴う感情に支配されたくなかったので、頭の中に浮かんだものを振り払う。

「あの……何かご用でしょうか?」

叔父はマホガニーの机についていて、アンジェリンの顔をちらっと見ると、目を逸らした。そして、咳《せき》払いをひとつする。

「そこに座りなさい」

机の前にある椅子を勧められる。アンジェリンがそこに腰かけると、彼はまた咳払いをした。

「実は……あるお方が君を雇《やと》いたいと言っているんだ」

アンジェリンは思いも寄らない叔父の言葉に凍りついたようになった。雇いたいとは、メイドとしてだろうか。他に考えられない。

アンジェリンにしてみれば、屈辱《くつじょく》的な申し出だった。本当のメイドではないからだ。給金をもらえるメイドのほうが自分の立場よりマシかもしれないと思うことは何度もあったが、本当のメイドとして知らない家に雇われたら、もう二度と自尊心を取り戻せないような気がしていた。

もちろん、メイドの仕事を恥ずべき仕事だと思ったことはない。しかし、この家の親戚として引き取られて、その見返りにメイドの仕事をしていることと、本当のメイドになることは違う。愚かな考えかもしれないが、それはステイベリー家の令嬢だった過去をすべて捨て去るのと同じことだ。

叔父はアンジェリンを雇いたいという話を蹴《け》ってはくれなかった。つまり、どんなに自分が『本当のメイドではない』と思いたくても、叔父の頭の中ではアンジェリンはただのメイドなのだ。

アンジェリンは少なくともこの義理の叔父だけは親戚としての情があるのではないかと考えていただけに、がっかりした。

もう、わたしには身寄りがないのと同じなのよ。誰かが面倒を見てくれるだろうとか、誰かに頼って生きていくとか、そんなことを考えちゃいけないんだわ。

自分はもう十八歳だ。法的に成人とは見なされないが、この年齢で結婚する女性はたくさんいる。つまり、大人のようなものだ。

だから、叔母や義理の叔父に頼るのはやめて、自立するときが来たのだろう。幸か不幸か、すでにメイドの仕事はきちんとできる。何もできないのに、世の中に放り出されるわけではないのだ。

アンジェリンは息を大きく吸い込み、顔を上げた。目が合うと、叔父のほうが視線を逸《そ》らした。

「その方はどうしてわたしをメイドにしたいと……？」

「舞踏会で君が働いていたのを見たらしい。その……君みたいな働き者のメイドが欲しいと……」

叔父は何故だか口ごもった。舞踏会でメイドの働き振りを観察する客がいるとは思わなかった。普通は同じ階級のレディーを見るものではないだろうか。

アンジェリンはふと書斎で酔った男に連れ込まれそうになったことを思い出した。あの男は確かにメイドを見ていたに違いない。まさか自分を雇いたいと申し出たのは、あの男なのか。

しかし、あの男はアンジェリンの名前すら知らなかったはずだ。酔《よ》っていただけで、自分が相手でなくてもよかったと思う。わざわざ、叔父にそんな話をしたのは、一体、誰だろう。

「わたし、叔父様がよそで働けとおっしゃるなら、それでも構いません」

それを聞いて、叔父はあからさまにほっとした様子を見せた。

「それなら話が早い」

「でも、他の屋敷で働いているメイドを横取りするような人のところでは、働くわけにはいきません。だって、よからぬことを考えているかもしれないですもの。それに、わたしは奴隷《どれい》ではありませんから、その方は叔父様に話をするより、まずわたしに話をするべきですよね？」

ほっとしたはずの叔父は、今度は狼狽《ろうばい》したようだった。

「いや、彼は立派な紳士だし、私が君の後見人だと知っているんだ。だから、私にまず許可を求めたんだよ」

アンジェリンは目をしばたたいた。後見人が叔父だということを知っているなら、アンジェリンが彼の義理の姪だということを知っているのだ。しかし、その問題の人物は、後見人に対して、被後見人をメイドとして雇いたいと申し出たわけだ。

アンジェリンはぞっとした。それは、あまりにも常識とはかけ離れたことだ。

一体、誰が……。

いや、たった一人、思い当たる人物がいる。彼はあの舞踏会でアンジェリンを見ていたし、メレディス夫人の姪だということを知っている。けれども、彼がまさかそんな屈辱的な申し出をするなんて、とても信じられない。

アンジェリンは声を震わせながら尋ねた。

「もしかして、その方は……アシュリー伯爵ですか？」

「そのとおりだ。君は彼を知っているのか？」

ああ……神様。彼はどこまでわたしを苦しめようとしているのでしょうか。

眩暈《めまい》を覚えながらも、アンジェリンはなんとか質問に答えた。

「はい……。舞踏会のときに……少しだけお話をしました」

これは嘘にはならない。その前から知っていたが、叔父に話す必要はないだろう。彼は今や伯爵で、馬番だった過去など、上流階級の仲間に知られたくないはずだ。

「それなら、まったく知らない相手でもないじゃないか。きっとここにいるより、いい扱いをしてもらえるだろう。その……妻が君につらく当たっているのを、私はずっと心苦しく思っていたんだ」

同情はしてくれていても、叔父はアンジェリンを庇おうとはしてくれなかった。叔父自身がつらく当たることはなかったが、見て見ぬふりをしていたのだ。後見人という立場でありながら。

いや、恨み言はよそう。叔父にしてみれば、アンジェリンは厄介者《やっかい》だ。

「わたしはメイドとして働くなら、他の方のお屋敷に行きます。アシュリー伯爵ではなく」

「それは困るんだ、アンジェリン。彼の申し出を受けてくれないか？」

彼の申し出……。これが結婚の申し込みなら、よかったのに。

アンジェリンは一瞬そう考えて、苦笑してしまった。そんなはずはない。彼に憎まれている自分が、彼の花嫁になれるはずがない。

それにしても、メイドとして働かせようなんて、どれだけ趣味の悪い仕返しなのだろう。それに、もしエレンが彼の花嫁になったとしたら、結局、あの意地の悪い彼女に顎で使われることになるだろう。やはり、他の屋敷で働いたほうがいい。

「どうして、叔父様がお困りになるんですか？　わたしがどこで働いても、いいじゃありませんか」

アンジェリンは首をかしげた。ひょっとしたら、自分があちこちに噂話を振りまくと思っているのかもしれない。親戚にメイド扱いされたと。

「わたし、叔父様と叔母様には感謝していますから。行き場のないわたしをこの家に置いてくださったんですもの」

だから、よそで噂を振りまいたりしないと言いたかった。だが、叔父は眉を寄せて、首を横に振った。

「君にはどうしてもアシュリーの屋敷に行ってもらわなくてはならないんだ」

「それは、何故……？」

「その……いろいろ借りがあってね。紳士同士の約束というか……頼むよ、アンジェリン」

それでは説明にもなっていない。ただ、彼とガイの間に何かがあることは確かだった。

「はっきり、おっしゃってください。そうでなければ、叔父様の意向には従えません」

「……弱みを握られているんだよ！　脅《おど》されているんだ！」

アンジェリンはぽかんと口を開いた。

「まさか……」

ガイがそんな卑怯《ひきょう》な真似をするとは思わなかった。彼は六年の間に、どれだけ変わったのだろう。そこまでして、アンジェリンを働かせて、優越感を味わいたいのだろうか。

確かに、彼を傷つけたのはアンジェリンかもしれないが、ここまで恨む彼の気持ちが理解できなかった。

「妻とエレンには内緒にしておいてくれ。私は出来心で……ある未亡人といい仲になってしまったんだ。それを彼に知られて……。金でもゆすられるのかと思ったが、君を自分の屋敷で働かせたいと言ってきた。私はそれくらいで済むなら……と」

叔父にとっては『それくらい』のことだろうが、アンジェリンにとってはそうではない。叔父にしてみれば、彼女がガイの屋敷でどうなろうが、知ったことではないのだ。

アンジェリンはどんなにひどい目に遭わされるのかと思うと、気が遠くなりそうだった。

「なあ、アンジェリン。頼むよ。ほんの少しでも感謝する気持ちがあるなら、黙って、向こうの屋敷に行ってくれないか？　そりゃあ、私だって悩んだよ。一応、君の後見人なんだから。だけど、妻やエレンにこのことを言うと脅されて……」

ガイは何度も叔父に話をするためにやってきて、その後、叔母とエレンを相手に客間でお茶を飲みながら歓談していた。それが数回続いた。それを考えたら、叔父はすぐにはガイの脅かしに屈したわけではなかったのだろう。

そう思うと、アンジェリンは肩にかかっていた重い荷物がすっと消えたような気がした。

叔父は、それほど無慈悲な男ではないのだ。もちろん、脅迫に抵抗したのは、別にアンジェリンが可愛かったからではないだろうが、少しくらい情のようなものがあったからかもしれない。

それだけでもいい。この屋敷で受けた仕打ちの数々を思い出すと、やはり悲しくてつらい。その中で、血の繋がらないこの叔父がほんの少し優しさを見せてくれたと、アンジェリンは思いたかった。

「……判りました。叔父様のおっしゃるとおりにします」

叔父の顔がぱっと明るくなった。恐妻家の彼にしてみれば、何より嬉しいことだろう。

どちらにしても、もうここにはいられなかった。ガイのことが怖くて仕方がないが、昔の償《つぐな》いをするいい機会になる。いくらなんでも、彼は残酷なことはしないだろう。

つらい目には遭うかもしれないけど……。

アンジェリンは彼に無理やりされたキスのことを思い出した。無理やりとは言っても、自分はあまり抵抗しなかった。それどころか、喜んで受け入れたのだ。彼はそのことを覚えていて、キスの続きをするつもりかもしれない。

もちろん、そんなことはさせない。自分の身は自分で守る。

でも、抱き締められて、キスをされたら……。

わたしは誘惑に屈してしまうかもしれない。

何故なら、彼のことをまだ愛しているからだった。

書斎にいたガイは、執事からアンジェリンが来たことを知らされた。彼女はもちろん使用人の出入り口にやってきた。これから、どれだけ彼女に屈辱を味わわせてやれるのかと思うと、胸が高鳴ってきてしまう。

メレディス家を何度も訪問して、ガイはお茶を出す彼女を盗み見していた。美しい彼女の顔が何度か歪むところを見ては、楽しんでいたのだ。彼女の叔母や従姉妹も、彼女をいじめるために協力してくれた。もっとも、自分達は別に協力していたつもりはなかっただろうが。

ガイは暗い笑いを顔に浮かべて、執事に言った。

「ミス・ステイベリーを連れてくるといい」

「はい、旦那様」

ほどなく、彼はアンジェリンを連れてきた。彼女は自分の身を守るかのように、古びたトランクを抱き締めている。白いエプロンは外していたが、メレディス家で制服として支給されたドレス姿で、それはどう見ても粗末なものだった。だが、不思議なことに、彼女が現れただけで、その場がぱっと明るくなったみたいに思えた。

本当に不思議なことだ。確かに美人だが、それだけなら世間にはいくらでも美女はいる。しかし、彼女には何か抗いがたい魅力のようなものがあったのだ。

「ミス・ステイベリー、話をする間、荷物は執事に預けるといい」

彼女ははっと目を見開いて、それからおずおずとトランクを預けた。執事はそれを受け取り、一瞬、妙な顔をしたが、そのまま部屋から去っていった。

アンジェリンは唇を噛み締め、閉まった扉の前でじっと立ちすくんでいた。彼女が何を考えているのかは、判っている。自分のことをきっと卑劣な男だと思っているに違いない。

「ガイ……。わたしに復讐したいのね？　そのために、叔父様まで脅かして……」

ガイは肩をすくめた。

「メレディスを脅迫するのに、大した手間はいらなかったよ。彼は妻の尻に敷かれた哀《あわ》れな犬だ。なんでも言いなりになっている。だが、外では違う。妻や娘に知られたくない秘密が、彼にはたくさんあるんだ」

「そんなことどうでもいいわ。叔父様は脅迫されたせいで、わたしをあなたに譲ることにしたのよ」

「嫌なら、よそに行けばいいさ。別にメレディスも君に強要する権利はなかったはずだ」

アンジェリンは神経質そうにドレスの皺《しわ》を伸ばす仕草をした。彼女は苛々《いらいら》している。それはそうだろう。叔父に売り渡されたも同然なのだから。

「叔父様には……ご恩があるから……」

「君があいつに恩を感じているとは驚きだ。恨みの間違いだろう？」

「わたしは恨んでなんかいないわ！　それは……ああいう扱いをされて、嬉しかったとは言わないけど」

彼女の言うことは偽善だ。恨みはあるに違いない。

「まあいい。どのみち、君はあの家を追い出されたら、行くところがないに決まっている。だとしたら、昔の使用人でもすがらなくては仕方がないよな。たとえ、どんなに屈辱的であっても」

アンジェリンの唇がぐっと噛み締められた。それをガイは愉快な気持ちで眺めた。もっとも、この程度の復讐で済ませるわけにいかない。女には、もっと効果的な苦しめ方がある。

ガイはアンジェリンを抱き締めて、唇を奪ったときのことを思い出していた。あのとき、確かに彼女は我を忘れていた。六年前はただの甘やかされた少女だったが、今は違う。成熟したとは言えないかもしれないが、もはや少女ではなかった。

ガイは彼女の服を眺めた。メレディス家のメイドの制服をまだ身につけているのは、何故だろう。

「まずは、そのドレスを脱いでもらおうか」

「なんですって！」

アンジェリンは青ざめた。ガイは口元に笑みを張りつかせながら説明する。

「よその家の制服は着るなと言っているだけだ。僕のところでは、こちらで仕立て屋を呼んで、きちんとサイズを測り、注文している。出来上がるまで、普段着で仕事をしてもらっても構わない」

彼女は青ざめた顔をさっと赤らめた。そして、何故だか恥ずかしそうにうつむく。

「普段着と言われても……ないのよ」

ガイは何故、彼女が恥ずかしげな顔をしているのか気がついて、怒りを感じた。彼女はメイドの制服以外の服を持っていないのだ。道理で、トランクを受け取った執事が妙な顔をしていたはずだ。きっと、思いがけなく軽かったに違いない。

昔はたくさんのドレスを持っていたはずだが、あんなもので働けはしないし、あれから身体も成長しているようだから、もうとっくに着られなくなっているだろう。その代わりに、彼女はメイドの制服とエプロンを与えられたのだ。

ガイはメレディス邸で行なわれた華やかな舞踏会を思い出した。着飾ったエレンや叔母の姿も。

アンジェリンには罪を償わせたいと思っている。けれども彼女の叔母の仕打ちは許せない。そして、それを黙って見ていた義理の叔父も。エレンは彼女の従姉妹だ。それなのに、よく平気な顔で、自分だけが綺麗なドレスを身にまとっていられたものだと思う。

しかも、客の前で、アンジェリンを怠けていると非難した。自分の従姉妹を、完全にメイド扱いしていたのだ。ガイもアンジェリンを傷つけたいがために、怠け者には罰を与えろと言ったが、もちろん本心ではない。怠け者は解雇するし、よく働く者にはそれなりのことをする。それだけで、罰を与えるより効果が上がるのだ。

ともあれ、自分以外の誰かがアンジェリンを傷つけようとするのは許せなかった。しかも、彼らは親族だ。親を亡くした少女にそれほどつらく当たるなんて、信じられない。

ガイはこのままでは気が治まらなかった。メレディスの秘密はひとつではない。いくつか、世間にばらしてやってもいい。破滅させるほどではないが、社交界から追放されるくらいの秘密は握っている。

とにかく、アンジェリンを傷つけていいのは、自分だけだ。他の誰にも傷つけさせはしない。

「判った。とりあえず、今のままでいい。午後になったら、仕立て屋が来るから、サイズを測ってもらうんだ。詳しいことは家政婦に任せているが、明日の早朝から出かけることになっている。領地に向かうから、君も同行しろ。あのトランクをそのまま持っていけばいいだろう」

アンジェリンは驚いたように、目をしばたたかせた。

「わたしはこちらで働くのだとばかり……」

「悪いが、僕は自分の考えをいちいち使用人には説明しない。言われたとおりにすればいいんだ」

彼女は一瞬、悲しげな表情になった。ガイの胸にちくりと棘《とげ》が刺さったような気がしたが、無理やりそれを心の中で振り払う。

同情してはいけない。これは復讐なのだ。

それに、こんなものでは済ませるつもりはない。彼女をもっと傷つける計画がある。彼女には同情など値しないからだ。

アンジェリンがあのときあんな真似さえしなければ……。

病気がちの母は、自分と共にあの家を追われずに済んだのだ。

ガイは冷たく素っ気ない口調で言った。

「もう行っていい」

アンジェリンはゆっくりと頷いた。

「はい……旦那様」

ガイは手元の書類に目を落としかけたが、彼女の最後の一言に頭の中がカッとした。思わず立ち上がると、彼女が出ていく前に腕を摑んだ。

「何するの！」

彼女が抵抗するのも構わず、壁に押しつけた。そして、有無を言わせず唇を重ねて、貪《むさぼ》った。彼女が抵抗しようが、または反応しようが、どちらでもいいことだ。激情のままにキスをして、自分の怒りを発散させた。

彼女が弱々しく自分の胸を押していることに気がついて、やっと唇を離す。彼女の瞳の中には、恐れと共に情熱の光が見て取れた。

ガイはにやりと笑った。

彼女は僕の獲物だ。やっと手に入れた。こうして自分の許に来たからには、絶対にこのまま無事に過ごさせるつもりはない。

「あなたは……いつもメイドにこんな真似をするの？」

今度は、彼女は怒っているようだった。だが、そんな怒りなど、すぐに握り潰してしまえる。ガイにはそれがもう判っていた。

彼女はもはや少女ではない。しかし、同時に無垢《むく》でもあった。

この身体を抱くのが楽しみだ……。

ベッドで彼女はどんなふうに乱れるのだろう。どんな表情で、どんな声を出すのだろう。想像しただけで、身体が燃え上がってきそうだった。

ガイは彼女の顎に手をかけた。すると、再び彼女の瞳に恐れのようなものが戻ってきた。ガイはそれを宥めるように、ゆっくりと指で顎を撫でる。

「旦那様だなんて、君が言うからだ。あの頃、そう言っていたのは君ではなく、僕のほうだった。君が僕を嘲笑《あざわら》ったように感じたんだ」

「まさか嘲笑うなんて……。あなたはわたしの雇い主だから、そう呼んだだけよ。普通は、そう呼ぶものでしょう？」

アンジェリンは叔父をそんなふうに呼んだことはないはずだ。それを考えると、旦那様と呼ばれるのも悪くないかもしれない。これはアンジェリンを支配している証《あかし》のようなものだ。

ガイはアンジェリンの唇を指で撫で回した。彼女の顔が強張ってくるのを見て、つい笑ってしまう。

彼女はキスだって、自分としかしたことがないかもしれない。穢れのない処女だ。もしくは、生贄《いけにえ》の乙女か。そして、やがて、復讐のために引き裂かれるのだ。

「君はただのメイドじゃない」

アンジェリンの表情に苦痛の色が過《よぎ》った。元お嬢様のメイドだという意味で言われたと思ったのだろう。

ガイは指を滑らせて、アンジェリンの服の前ボタンを外し始めた。彼女は驚いたように、まばたきをする。

「何……しているの？」

「なんだと思う？」

ガイはボタンをいくつか外すと、その中に手を滑り込ませた。すると、彼女の身体がさっと強張った。

「やめて！」

抵抗する彼女を再び壁に押しつけ、シュミーズ越しに柔らかい乳房に触れた。

「コルセットをつけてないのに、君はずいぶん細いんだな。君の親愛なる叔母さんはコルセットも買ってくれないほど倹約家なのか？」

布越しに触れるだけでは我慢できずに、シュミーズの中にも手を滑り込ませてみる。乳房はこんなに柔らかいのに、その頂《いただき》だけは硬く尖《とが》っている。彼女が拒絶しながらも、感じている証拠だ。

ガイはいい気分になって、アンジェリンの紅潮した顔を見つめる。恥ずかしいだろうが、

そのせいだけではないだろう。彼女はガイに触られるのが、嫌ではないのだ。本気で嫌なら、舞踏会で酔った男に襲われたときのように必死で抵抗するはずだった。

そう。彼女は僕を嫌っていない……。

六年前、少女だった彼女はガイにキスされたがった。彼女はあの頃とそういう意味ではあまり変わっていないのだろう。

ただし……。

彼女がいつまでガイに心を寄せたままでいるかどうかは判らない。きっと憎まれるだろう。だが、その前に、彼女の身体に快感を教え込んでしまうつもりだ。彼女は憎みながらも抱かれて、複雑な愉悦《ゆえつ》を感じることになる。

ガイは指で乳首を優しく撫でた。彼女の身体がビクンと揺れる。

「や……やめて……」

小さな声がガイの耳に届いた。もっと追いつめてやりたい気持ちもあるが、今日のところはここまでにしておこう。あまり怖がらせてもよくない。これから彼女と過ごす時間は長い。じっくりと弄んでやるのだ。

ガイは手を離し、ボタンを留めてやった。アンジェリンは自分では気づいていないだろうが、瞳が興奮にきらめいている。それだけではなく、羞恥心のようなものも混じっているようだが。

ガイはほくそえんだが、彼女を翻弄《ほんろう》しているうちに、自分自身もまた彼女に翻弄されそうになっていた。

いや、ダメだ。主導権は僕が握る。僕が彼女を支配するんだ。

ガイは彼女の薔薇《ばら》色の頬に触れたくて、手を伸ばしかけたが、それをごまかすために、自分の長く伸びた前髪を指で払った。

今はこれで満足だ。そう思うことにしよう。

「さあ、家政婦のところへ行くんだ。そして、彼女に言われたとおりにしろ」

ガイは横柄な主人面をして、そう命令した。


翌朝早く、アンジェリンは目が覚めて、見慣れぬ部屋にいることに気づいて、驚いた。が、すぐに自分がガイの屋敷に来たことを思い出した。

わたしはガイのメイドになったんだわ。

昨日は目まぐるしい一日だった。叔父からガイへと半ば売り渡されて、こちらの屋敷にやってきた。そして、ガイはいきなりアンジェリンにいやらしい真似をした。

思い出すだけで、アンジェリンの身体はカッと熱くなってきた。

胸を……胸を触るなんて。

服の上からでも触られたくないのに、あんなふうに直《じか》に触られてしまうとは思わなかった。

もちろん、アンジェリンには初めての経験だった。彼の大きな手が胸元に入ってきて、乳房を包み込んできた。柔らかさを確かめるように動いて、それから乳首にも触れてきたのだ。

今、思い出しても、頬が火照《ほて》る。身体も妙に熱い。

そう。本当に触られたくないのに……。

アンジェリンはなんとかそう思い込もうとした。現実には、彼に触れられると、我を忘れるような気持ちになっていた。気が遠くなり、彼に身を任せたくなってくるのだ。何もかも捨てて、彼のものになりたいとまで思ってしまう。

もちろん、そんなわけにはいかない。それに、いくらガイでも、使用人に対するマナーはわきまえていると思う。主人がメイドに性的な嫌がらせをしてはいけないことくらい、判っているだろう。彼自身が使用人だったのだから、そちら側の気持ちはよく判っているはずだ。

けれども、もし彼が愛してくれるのなら……。

いいえ。そんな都合のいい夢を見てはダメ。もう子供じゃないんだから。

自分はガイに憎まれている。それが判っているのに、甘い夢を見ても仕方がない。絶対に叶わない夢なのだ。

アンジェリンはベッドから起きて、メレディス家のメイドの制服を着た。いつものように白いエプロンをつけ、そして水差しから洗面器に水を入れて、顔を洗った。長い髪を梳《と》いて、後ろでひとつにまとめ、白いキャップをかぶると、働き者のメイドの完成だ。

アンジェリンはトランクを持って、部屋を出る。同じ屋根裏部屋でも、メレディス邸とは違う。きちんと壁紙も貼ってあり、床には絨毯《じゅうたん》が敷いてある。ベッドも柔らかい。椅子や小さなテーブルも置いてある。

ここでは、使用人は大切にされているようだ。昨日、家政婦にもそんなふうに言われた。ガイ以上のいい主人はいないとまで、彼女は言い切ったのだ。

ともあれ、アンジェリンはガイの使用人の一員となった。昨日、サイズを測られたから、しばらくしたら、制服が彼の領地にまで届けられるのだそうだ。今の服は少し丈が短くて困っていたから、身体に合う新しい服を作ってもらえることは、単純に嬉しかった。

使用人が使う狭い階段を下りると、家政婦とばったり会った。彼女はふくよかな中年の女性だった。有能だが、温かい心の持ち主で、会ってすぐアンジェリンは彼女を好きになった。

それなのに、すぐに別れて、これから領地に行かなくてはならないなんて。

だが、アンジェリンがガイに逆らうことは許されないのだ。使用人は主人の言いつけを守るのが仕事だからだ。

「アン、もう旦那様は支度ができているから、すぐに発《た》つそうよ。あなたの朝食はバスケットに入れておいたから、馬車の中で食べるといいわ」

アンジェリンは家政婦に急《せ》き立てられた。馬車が二台、玄関の前に停まっている。トランクは御者の手に奪い取られて、後ろの馬車の中に載せられる。彼女もその馬車に乗ろうとしたのだが、荷物でいっぱいで、どうやって乗ればいいのか判らない。

「おまえはこっちだとさ」

御者に前の馬車に乗れと言われて、アンジェリンは驚いた。自分がガイと一緒に馬車に乗ることになろうとは思わなかったのだ。

だが、今の自分は良家の子女というわけではない。世間の常識では、未婚の若い男女が付き添いもなく同じ屋根つきの馬車に乗るなんて、あってはならないことだが、メイドと主人では、誰も気にしないに違いない。

とはいえ、昨日のことを考えると、やはりガイと二人きりなんてよくない。前の馬車の扉の中を覗くと、そこには確かにガイが乗っていた。ガイはにこりともせずに、空いている座席を手で示した。

「遅い。さっさと乗るんだ」

「すみません」

アンジェリンは謝ってから、仕方なく乗り込んだ。できることなら、彼の向かい側に座って長旅なんてしたくない。昨日のことを考えるだけで顔が火照《ほて》ってくるのに、どんな表情したらいいのか判らなかった。

馬車の扉を閉められると、ドキドキしてくる。しかし、なるべく何事もなかったかのような顔をしなくてはいけない。彼に心の動揺を悟られたくなかった。ちょっとキスされて、身体に触れられたくらいで、彼を過剰に意識していることを知られたくなかったのだ。

知られたら、きっと彼はまた何か嫌な言葉を投げつけてくるに違いない。六年前の復讐はまだ続いているのだから。

馬車が動き出したが、顔を上げられずにいると、ガイに声をかけられた。

「下を向いていると、酔うかもしれない。顔を上げろ」

「それは命令なの？」

ムッとしたアンジェリンは思わず顔を上げていた。ガイは目が合うと、にやりと笑った。

「よし。それでいい。君が酔ったら、馬車から放り出すからな」

本気かどうか判らないが、彼とこの場に同席しているのが嫌だからといって、知らない土地で放り出されたくはない。

顔を上げると、どうしても、向かいの席に座るガイが目に入ってしまう。

昨日、彼の手がわたしの胸に……。

なんて恥ずかしいことをしたのかしら。誰にも触らせたことはないのに、彼はまるでわたしが自分のものであるかのように触れてきたわ。

彼にメイドとして雇われたとしても、所有物になったわけではない。使用人は雇用されているだけの話だ。主人は何をしても許されるわけではない。いや、そういうことも行なわれていると聞くが、やはりしてはいけないことだ。

メイドは奴隷ではないのだ。一人の人間として、扱ってほしかった。

「何を考えているんだ？」

彼の声を聞いて、アンジェリンは顔を赤らめた。本当のことは言えない。胸を触られたことを思い出しているなんて。

「これから、どこへ向かうのかと……。遠いのかしら」

アシュリー伯爵は英国のあちこちに領地を持っているのだそうだ。今からどこに向かうのか、まだ知らされていなかった。

「行く先は……」

ガイは肩をすくめた。

「君の知ったことじゃない。わざわざメイドに教えてやるつもりはないな」

彼はわざと傷つけようとして言っているのだ。ガイが自分の使用人につらく当たるような人間でないことは、たった一日でよく判った。使用人のほうも、ガイを慕っている。つらく当たられているのは、アンジェリンだけだった。

アンジェリンは胸が痛んだが、その気持ちをじっと押し殺した。表情に表せば、きっと彼は嬉しいのだろう。それが復讐のためだとしても、これ以上、踏みつけにされるつもりはなかった。

もう充分じゃないかと思うのだ。昔の愚かな行動のせいで、ガイとその母親はステイベリーの地所から追い出された。しかし、その結果、彼はこうして裕福な伯爵となっている。そこまで、恨みを持たれていることが理解できなかった。

わたしをメイドにして、こき使うだけでいいじゃないの。それで、彼の復讐は終わりだわ。彼はこれからも嫌がらせをしてくるかもしれないけど……。

アンジェリンははっと気がついた。昨日のもキスも、きっと嫌がらせなのだ。あんなふうに胸を触られたのも。

それなのに、彼を意識したりして、馬鹿みたい。

六年前、アンジェリンは彼にはねつけられた。今のアンジェリンは十八歳で、少しは女性として見られているのかと思っていた。しかし、そうではない。ただ嫌がらせをされていただけだ。それなのに、キスされただけでふわふわとした気持ちになったり、頰を染めたりしている自分が、とても愚かに思えてきた。

それにしても、自分が『アンジェリンお嬢様』なら、こんな旅はあり得なかった。夫でも親族でもない男性と二人きりで馬車に乗るなんて。

アンジェリンは馬車の窓から、流れていく風景を見つめた。ここはまだロンドンで、建物がたくさんある。早朝から行き交う人々もいて、活気はあるが、ここは自分の好きな場所ではなかった。

心の中に、ステイベリーの地所にいた頃の情景が浮かぶ。

眩しい光。青々とした緑が溢れる美しい風景。あの頃のアンジェリンは優しい人達に囲まれていて、誰かを好きになれば、必ず愛情が返ってくるものだと信じていた。

馬番だった頃のガイのすらりとした姿が浮かんだ。

大好きだったガイ。でも、ガイはわたしのことなんて好きじゃなかったんだわ。

そして、今も……。

アンジェリンは目の前にいるガイとは視線を合わせないようにしていた。自分がこれからどこへ行くのか、どういった扱いをされるのか、不安でならない。できれば、彼の心から恨みが消え去りますように。

アンジェリンはただ、そう願った。

第二章　蜜零れる復讐の夜

アンジェリンはガイから自分の心を守るように、慇懃無礼《いんぎんぶれい》な態度を取っていた。嫌みはさんざん言われたが、それくらいなら耐えられる。メレディス家で、充分な屈辱《くつじょく》を味わってきたからだ。

わたしはメイド。そう思えばいい。自分を上流階級の生まれだと思うから、傷つくのだ。初めから、そんなものはなかったのだと思えばいい。

それに、ガイに隙《すき》を見せるのが怖かった。キスをされたり、抱き締められたりすると、自分を守る心が弱くなってしまう。そんな行動を取る彼が怖いのに、それ以上に、そのまま身を任せてしまいそうになる自分がとても怖かった。

そんなことをして、なんになると言うの？

彼だって、本気でわたしにそんなことをしているとは思わない。あれはただの嫌がらせだ。それに屈《くつ》しては絶対にいけない。

馬車が進むうちに、アンジェリンは自分達がどこへ向かっているのかに気がついた。ずっと気のせいだと思っていたのだが、そこへ近づくにつれて、気のせいではないと思うようになっていた。

アンジェリンはガイの顔をちらりと窺《うかが》った。彼はアンジェリンを無視して、窓の外を眺めている。口元はぎゅっと引き締められていたが、彼が何を考えているのかは判らない。

ここは……かつてステイベリー家が所有していた土地だ。

村を抜け、森を迂回《うかい》すれば、アンジェリンが生まれ育った屋敷が見えてくるはずだ。

アンジェリンは馬車が他の道へと向かうことを祈った。彼の目的地がここだなんて、残酷すぎる。

だが、願いも空《むな》しく、馬車はアンジェリンがよく知っている草原の中の小道へと進んだ。ここから屋敷までは、一本道だ。どこにも行きようがない。

アンジェリンは一瞬、目を閉じて、それからガイを見据《みす》えた。

「ここは……あなたの土地なの？」

声がしわがれていた。ガイはこちらに視線を向ける。とても冷ややかな視線で、アンジエリンはそっと息を吐いた。

「そうだ。ここを買った人間から、もっといい値段で買い取った」

「……何故？　どうして、そんなことを……」

ガイは冷酷な顔で笑った。

「決まっている。ここが欲しかったからだ。君のものは全部、僕のものにしてやるつもりだ」

ここを手に入れたのも、わたしへの復讐のためなの？

アンジェリンは恐れおののいた。すべて奪い尽くさねばならないほどに、ガイが自分に対して恨みを持っていることが信じられなかった。

ガイが怖い。彼はこれから何をしようとしているのだろう。かつてステイベリー家のものだった屋敷を手に入れ、そこでアンジェリンをメイドとして使う。それだけで、満足してくれるならいいが、他にも彼は復讐を企《たくら》んでいるかもしれない。

それは一体、なんなの？　他にまだ何か計画していることがあるのかしら。

自分が一番傷つくこと。それは、ガイが自分の目の前で花嫁を娶《めと》ることだ。彼がそんなことをしたら、胸が張り裂けそうになるだろう。

だとしたら、この気持ちは絶対に彼に知られてはならないということだ。知られたら、きっと彼はアンジェリンを傷つけるためだけに、そうするに違いないから。

「それなら、もうあなたが奪うものは何も残ってないわね……」

アンジェリンは視線を逸《そ》らしながら呟《つぶや》いた。これで終わりだと、彼が思ってくれるならいいのだけど。

「いや……。まだあるさ。大事なものがね」

アンジェリンの鼓動《こどう》は不意に速くなった。彼が自分の手を握ってきたからだ。

「どういうこと？」

思い切って顔を上げると、彼は不遜《ふそん》な笑みを口元に浮かべた。

「すぐに判る」

アンジェリンには、彼がなんのことを言っているのか判らなかった。もう、自分のものと言えるものはない。自分自身でさえも、彼が所有しているも同然だ。これからメイドとして彼に虐《しいた》げられる毎日が待っていたとしても、彼が自分から奪うものがまだあるとは思えない。

やがて、馬車が停まった。御者が扉を開けて、ステップを引き出した。彼の後から降りると、目の前に懐かしい屋敷がそそり立っていた。

ああ……。

アンジェリンは胸がいっぱいになる。父が生きていた頃のことが頭にいくつも浮かび、涙が出てきそうになった。だが、涙は流さなかった。胸が締めつけられるようだったが、もう時間が戻らないことは判っているからだ。

何も知らずに幸せに育っていた頃の自分とは違う。自分はお嬢様ではなく、ただのメイドだ。

重々しい玄関の扉が開いて、執事が顔を出した。

「お帰りなさいませ、旦那様」

執事の顔を見て、アンジェリンは思い出した。かつてここにいた執事のグラントだ。グラントのほうも、アンジェリンの顔を見て驚いていた。

「アンジェリンお嬢様！」

「グラント、あなたはここで働いていたの？」

アンジェリンがここを去るとき、グラントがどれほど親身になって心を砕《くだ》いてくれたかを思い出した。彼だって、賃金未払いのまま追い出されたというのに。

「ええ、お嬢様。新しい旦那様からお声がかかって……。私ももう年寄りですが、まだ働けます。仕事をいただけるなら、いくらでもご奉公したいと……。ところで、お嬢様はどうしてこちらへ……？」

グラントはアンジェリンの服に気がついて、怪訝《けげん》そうな顔をした。なんと説明していいか判らずにいると、横からガイが口を挟んだ。

「グラント、紹介しよう。新しいメイドのアンだ」

「メイド？　メイドですって？　なんということを……！」

グラントの顔に怒りが閃《ひらめ》いた。しかし、ガイが傲慢《ごうまん》にも睨《にら》みつけたので、彼は何も言えなくなった。彼だって、ガイに雇われている身だ。たとえ、若い頃のガイを知っていたとしても、今となっては逆らえるはずがない。

「お嬢様ではないから、これからはアンと呼ぶんだな。他のメイドと同じように扱うんだ」

ガイは冷ややかな顔でアンジェリンを振り返った。

「君の部屋はミセス・ケンプが用意してくれている。荷物を置いて、それから仕事に就《つ》きたまえ」

ミセス・ケンプもまたこの屋敷の家政婦だった女性だ。乳母や家庭教師と共に、アンジェリンの母代わりだった。彼はかつての使用人の前でメイドとして扱い、とことんアンジェリンを貶《おとし》めるつもりなのだろう。

アンジェリンは青ざめながらも頷いた。

「はい……」

力ない声が自分の耳に聞こえた。彼にはもう立ち向かえないことを悟《さと》った。

ミセス・ケンプはアンジェリンを見るなり、抱き締めてくれた。だが、ガイにメイドのアンだと聞かされて、グラントとまったく同じ反応をした。

「ミセス・ケンプ。彼女を部屋に案内するんだ」

「まさか……お嬢様をあの部屋に」

それはきっと屋根裏部屋なのだろう。アンジェリンはミセス・ケンプの手を取り、安心させるように微笑《ほほえ》んだ。

「大丈夫よ。案内してちょうだい」

アンジェリンは従僕の手から自分のトランクを受け取った。その従僕は新顔だったが、アンジェリンが微笑みかけると、彼もまた微笑みを返してくれた。

大丈夫。ここにはガイ以外に、わたしを傷つける人はいないわ。

そう考えると、少し気が楽になった。メレディス邸でつらい目に遭っていたときより、ここでの生活はずっと楽しいかもしれない。失ったものを思い出さなければの話だが。そして、周囲の人の好奇の目を考えなければ。

ガイは階段を上り、自分の部屋へと向かった。アンジェリンはその後ろ姿を見て、小さく溜息をつく。

「お嬢様、ガイは……いえ、旦那様はどうしてあなたをここにお連れになったんでしょうか。お嬢様は叔母様のお屋敷にいらっしゃったのではなかったのですか?」

グラントはそっと寄ってきて、アンジェリンに尋ねた。ミセス・ケンプも心配そうに眉を寄せている。

「叔母様は……わたしをメイド扱いしていたの。ガイが伯爵《はくしゃく》になったことは、みんな知っているのね? 叔母様の家の舞踏会で、ガイと再会したのよ。それから、ガイは叔父様の弱みを握って、わたしというメイドを自分のところによこすように画策したの。わたしはガイに雇われたメイドなのよ」

「ああ……お嬢様。お嬢様がこんなにつらい目に遭っているなんて、わたし、思いもしませんでした」

ミセス・ケンプは涙を零し、アンジェリンを強く抱き締めた。アンジェリンは彼女の背中を優しく叩いた。

「大丈夫。本当に……大丈夫よ。わたし、強くなったんだから。昔のように、世間知らずのお嬢様ではないわ。ほら、身体も成長したでしょう?」

「ええ、ええ。こんなに大きくなられて……。立派なご婦人です」

ご婦人などと言われると、ずいぶん年寄りのように思えてくるが、生まれる前から自分のことを知っている彼女が、涙ながらにそう言ってくれることは嬉しかった。大人になったのだと認めてくれたということだからだ。

「でも、お嬢様を雇うなんて、一体、あの方は何を考えてるんでしょうね。まさか、あのときのことを……」

グラントは眉を寄せた。彼にも心当たりがあるのだ。

「そうなの。彼はあのときのことを恨みに思ってる。……でも、いいの。叔母様のところで、ただ働きさせられていたんだから。ガイはわたしにお給金を払ってくれるわ」

「お嬢様……。なんてお労《いたわ》しい……」

「気にしないで、ミセス・ケンプ。わたしを特別扱いしないでね。用事をどんどん言いつけてちょうだい。そうしないと、お給金を払ってもらえないから」

ガイはアンジェリンを惨《みじ》めにしようとしているのかもしれないが、そんなことに負けるつもりはない。もちろん心の中のどこかで惨めさを感じていたが、それにこだわっていたら、自分を不幸にしてしまうだけだ。

たとえ演技でもいい。ここで満足しているふりをしよう。そうすれば、ミセス・ケンプもグラントも、こんなふうに悲しませずに済む。そして、アンジェリンを傷つけようとしているガイにも、肩透かしを食わせることができるのだ。

幸いメイドの仕事には慣れている。アンジェリンはミセス・ケンプの肩を優しく叩いた。

「さあ、わたしの部屋に案内して。どんな部屋であろうと、全然平気よ」

本当は平気ではなかったが、明るく笑うことで、内心の不安を払拭《ふっしょく》する。そうしなければ、ミセス・ケンプと抱き合って、泣いてしまいそうだったからだ。


その夜、アンジェリンは仕事を終えてから、ミセス・ケンプの部屋で熱い風呂に入らせてもらった。

家政婦はメイドと違って、ちゃんとした部屋を持っている。居間と寝室の二部屋に分かれていて、内装や置いてある家具はそれなりにいいものだった。アンジェリンはそこにバスタブを持ち込み、自分で沸《わ》かした熱い湯をバケツに汲《く》み、何度もその中に注いだ。

ミセス・ケンプはアンジェリンにそんな真似はさせられないと言ったが、こうして彼女の部屋で風呂に入らせてもらうだけでも、充分に特別扱いだ。普段、メイドは冷たい水で手早く身体を洗ったり、拭いたりする程度のことしかできない。ちゃんとした風呂に入れるときもあるが、ごくたまにだけだ。

しかし、長旅で埃《ほこり》に晒《さら》された身体や髪をどうしても洗いたくて、ミセス・ケンプの厚意に今日だけ甘えることにしたのだ。

ミセス・ケンプは髪を洗うのを手伝ってくれた。固辞《こじ》しようと思ったのだが、彼女は自分がそうしたいのだと言ってくれた。髪も身体も清潔になって、アンジェリンはほっとした。これで、明日からまた元気に働けるだろう。

アンジェリンは湿った髪を三つ編みにして、屋根裏部屋へと上がった。使用人はみんなもう眠りについている頃だ。自分も早く眠らなくては、明日の朝、起きられないかもしれない。

自分から特別扱いはしてもらいたくないと言ったのだから、きちんと早起きをして、働かなくてはならない。自分の働きを、ガイがきっと見張っているに違いないと思うからだ。彼の嫌みなんて、できれば聞きたくない。

アンジェリンは自分の部屋のドアから、明かりが洩《も》れていることに驚いた。相部屋ではなかったのに、誰が部屋にいるのだろう。メイド仲間の誰かが来ているのだろうか。使用人の何人かは、前にこの屋敷で働いていたから、アンジェリンが元お嬢様だということは、みんなに知れ渡っている。わざわざ自分の部屋を訪ねてくるようなメイドがいるとは思えなかった。

でも、好奇心から、わたしと話をしたいと思っている人もいるかもしれないわね。

扉を開くと、ベッドの上に腰を下ろしていたのは、ガイだった。彼は上着もクラヴァットも身につけておらず、白いシャツと黒いズボンを着ていた。

「……何をしてるの?」

アンジェリンの質問に、ガイは肩をすくめた。

「君を待っていたに決まっているだろう?」

アンジェリンは顔をしかめて、唇に人差し指を立てた。

「やめて。もう少し小さな声で話して。みんな、もう寝てるのよ」

屋根裏部屋の壁は薄いのだ。他のメイドに、この屋敷の主人がここにいると知られたくない。

「風呂に入ったのか? いい身分だな。ミセス・ケンプが母鳥みたいに世話を焼いてくれたんだろう?」

まさに、そのとおりなので、言い訳はしなかった。彼には全部、お見通しということなのだろう。

「身体を清潔にしておきたかったの。仕事が終わった後なんだから、いいでしょう? それとも、あなたがここにいるってことは、まだ何か言いつける用事があるのかしら」

用事があるにしても、主人がメイドの寝室にわざわざ来るなんておかしい。だが、ガイと自分の関係は普通ではないから、普通でないことが起こっても、おかしくない気がする。

「ああ。ちょっと来てくれ」

今度は居丈高《いたけだか》な命令ではないようだ。アンジェリンは頷《うなず》いた。用事があるなら、さっさと済ませてしまおう。早く眠らなくては、朝起きられないからだ。

ガイは立ち上がった。狭い屋根裏部屋には、彼はとても大きく見えて、アンジェリンはなんだか怖かった。彼が狭いきしむ階段を下りていく。アンジェリンは溜息をつき、その後を追った。

彼は二階の主寝室の扉を開いた。

もちろん、そこは父がかつて使っていた部屋だ。屋敷全体が改装されていて、主寝室も以前とは違うが、アンジェリンは胸に痛みを覚えた。もう、ここはガイのものなのだ。自分が生まれ育った家だということは、忘れなくてはいけない。

「あの……。何か困ったことでも?」

アンジェリンは彼の後から部屋に入った。ランプの明かりがついていたので、そこを眺め回す。家具も以前のものではない。ガイの趣味なのか、巨大な四柱式のベッドを見て、アンジェリンはふと不安を覚えた。

ガイは扉を静かに閉めた。その音にビクッとする。ここで、ガイと二人きりになってもいいのだろうか。

アンジェリンはロンドンの屋敷で、ガイにされたことを思い出した。壁に押しつけられて、キスをされた。そして、胸に触れられたのだ。

「昼間、君が言ったことを覚えているか？」

「わたしが……言ったこと？」

ガイとはたくさん言葉を交わしたわけではないが、すぐには思い出せなかった。

「君から奪えるものはもうないという言葉だ」

「それに対して、あなたは確か……」

「大事なものが残っていると言った」

アンジェリンはガイの低い声に、何故だか寒気を感じて、身体を震わせた。

大事なものとは、一体、なんだろう。そう思いながらも、アンジェリンはそのことについて考えたくなかった。

もう、彼はたくさん奪ったのだから、それで我慢すべきだ。それ以上、求めて、なんになるのだろう。

心の満足だろうか。彼はアンジェリンのすべてを奪い尽くさなければ、気が済まないのか。

「寒いのか？」

ガイがアンジェリンに一歩、近づいた。アンジェリンは思わず一歩下がる。

本能的な恐れが頭をもたげてきて、この部屋からすぐにでも逃げ出したくなった。しかし、彼が扉のほうにいるので、後ずさりをすればするほど、出口から遠ざかってしまうことになる。

「よ、用事はなんなの？　早く言って！」

アンジェリンは少しずつ距離を詰めてくるガイが恐ろしくて、後ろに下がっていった。だが、脚に何かが当たり、それ以上、下がれなくなる。

自分の後ろに何があるのか気づいて、ドキッとする。それはガイのベッドだった。

「用事は……君に残された大事なものをいただこうと思ってね」

ガイはアンジェリンの腕を摑み、自分のほうに引き寄せた。アンジェリンは目を大きく開いて、逃げようとする。しかし、彼の力は強くて、逃げられるはずもない。

「やめて……！　何をするつもり？」

ガイは唇を歪《ゆが》めて笑った。

「今更、訊《き》かなくても判るだろう？　それとも、本当に判らないのか？　君はもうお嬢様ではないから、男女のことについて、いろいろ耳に入るだろう？」

　男女のことについて……！

　アンジェリンの鼓動《こどう》が速くなった。

「わたし……そんなことはできないわ」

「そんなことって？」

　ガイは頭を下げて、顔を近づけてきた。キスされると思ったとき、咄嗟《とっさ》に逃げようとした。しかし、ガイに腕を強く摑まれて、痛みに声を上げる。

　その隙をついて、ガイは素早くアンジェリンの唇を塞《ふさ》いだ。同時に舌も中へと滑り込んでくる。アンジェリンの身体と頭はすぐに熱くなっていった。

　こんなわたしは嫌だ。彼に憎まれていると判っているのに、まだ彼に心を寄せている自分が嫌だった。

　けれども、ガイの舌が優しく自分の舌に絡んでくると、身体からすぐに力が抜けてくる。ガイがその弛緩《しかん》した身体を抱き寄せた。背中に手を回され、気が遠くなってくる。このまま彼に身を任せたくなってくるのだ。

　彼に優しくされたい。そんな想いがあるから、こんなふうにつけ込まれるのだ。彼の本心は、アンジェリンを罰したいだけなのに。

それでも、ガイに抱き締められて、キスをされていると、そんなこともどうでもよくなってきてしまう。頭の中がふわふわとしてきて、離れたくなくなる。

だって、キスしてたら、彼の嫌みを聞かずに済むでしょう?

冷たい目で見られることもない。残酷《ざんこく》な言葉も言われずに、彼の身体の温もりを感じることができる。

わたしはとことん愚《おろ》かなんだわ。

どうして、ガイへの想いを断ち切ることができないのだろう。子供の頃からずっと、彼のことが好きだった。六年前に終わった初恋だったはずなのに、どうして今も彼のことが好きなのだろう。

六年前、彼にキスされているメイドに嫉妬《しっと》した。今、あのメイド自身が自分になっている。あんなキスを自分にもしてほしいと願っていて、その願いが叶ったのだ。

このままキスしていたら、どうなるの?　彼はどうしたいの?

アンジェリンは混乱していた。憎んでいて、復讐《ふくしゅう》をしたいと思っている相手に、彼はどうしてこんな優しいキスや抱擁《ほうよう》ができるのだろう。

男性は相手が好きでなくても、こういうことができるという。しかし、アンジェリンには信じられなかった。ガイの腕の中で、自分の身体は蕩《とろ》けてしまっている。これがただの戯《たわむ》れだなんて、あり得ない。

それとも、ガイにとっては、大した意味はないのだろうか。

いつの間にか、アンジェリンはベッドに身体を押しつけられていた。上半身はベッドの上にある。ガイは唇を離すと、アンジェリンを見下ろした。

彼の眼差《まなざ》しには熱っぽさがあり、あの冷ややかなところはどこにも見えない。アンジェリンはそんな彼を見上げて、ドキッとした。彼もまた自分と同じように、二人の間に流れる何かに囚《とら》われているような気がしたからだ。

ガイは緩く三つ編みにしている髪を解《ほど》いた。そして、その髪に手を差し入れる。

「綺麗だ……」

まるで賞賛するように彼が言う。アンジェリンは夢の中にいるような心地がした。彼がこんなふうに髪に触れてくれるなんて、夢の中でしかあり得ない。

ガイはそっと屈《かが》むと、アンジェリンの靴《くつ》を脱がせた。そして、抱きかかえるようにして、アンジェリンをベッドの中央に運ぶ。そして、上から覆いかぶさり、再びアンジェリンの顔を見つめてきた。

アンジェリンの頭の片隅に、警告めいたものがちらついている。これ以上、ここにいてはいけない、と。彼は危険だ……と。

だが、動けなかった。彼の琥珀《こはく》色の瞳に魅入られたようになって、身動きひとつできなかった。まして、彼を押しのけて、この部屋から出ていくことなんて、到底できそうにない。

彼がしたいのは、ただの脅し？　それとも、何か親密な行為？

メイドの間でその行為のことが噂に上ることがあった。けれども、アンジェリンはメイドの仲間には入れてもらえなかったので、ちらっと聞いたことがあるくらいだ。

ベッドでキスして……それからどうなるの？　この間みたいに胸を触られるのかしら。

もし彼がそうしたいと思っているのなら、今すぐ逃げ出さなくてはならない。しかし、そう思いながらも、一方で彼に触れられたい気持ちもあった。

彼の大きな手で乳房を包まれたときの感覚は、普通の生活では経験したことのないものだった。身体の内部が疼《うず》くような興奮は、あのときしか感じたことがない。

「ガイ……。お願い」

アンジェリンは自分が何をしたいのか、よく判らなかった。それなのに、何故だか口をついて、そんな言葉が飛び出していた。

ガイが眉《まゆ》を上げる。

「何をお願いしているんだ？」

「わ……判らない……けど……」

アンジェリンは口ごもりながら、唇を舌で舐めた。無意識の行動だったが、彼には何かが伝わったような気がした。目の中に何かが閃《ひらめ》いたかと思うと、彼は頭を下げた。

再び唇が重なる。今度はさっきより情熱的なキスだった。唇だけでなく、身体もピッタリ重なっているせいかもしれない。

キスをしながら、アンジェリンは昔のガイのことを思い出していた。あの頃のガイの体形はまだ細くて、しなやかだった。彼の身のこなしや仕草が大好きだった。目にかかる前髪を払いのけて、琥珀色の瞳をきらめかせて、アンジェリンにいつも微笑みかけてくれていた。

今、わたしはあの身体に組み敷かれているんだわ……。

そう思うと、身体の奥から何かが突き上げてくるような気がした。それが心地よくて、アンジェリンは彼の舌に自分の舌を絡めていく。自分からこんなことをしたのは初めてだった。

彼にもっとキスをされたい。もっと自分を知ってほしい。切ない想いが胸に込み上げてくる。

だから、彼がこの間のように服の前ボタンを外し始めたときも、抵抗しなかった。彼のなすがままだった。

　白いエプロンを剝《は》ぎ取られて、胸をはだけさせられる。シュミーズは着ているが、胸の頂が薄い生地を持ち上げていて、その形がはっきりと判るくらいだった。彼にじっとそこを見つめられて、アンジェリンは思わず胸を隠したくなった。

「隠さなくていい」

「でも……」

　ガイは彼女の手を振り払い、シュミーズの襟ぐりを下げて、片方の胸を露出させた。薔薇色の頂がガイの視線に晒される。

　アンジェリンは息を呑んだ。こんなふうに男性に見られてはいけないことは知っている。こんなことをしていいのは、結婚した相手だけだ。

　とはいえ、アンジェリンの頭の中は痺《しび》れたようになっていて、彼に見られていると思うだけで、身体が熱くなってきた。

　見るだけではなく、触れてほしい。アンジェリンは確かにそう願った。

「ここも……綺麗だよ」

　ガイは優しい手つきでそこにそっと触れた。彼の大きな手で撫《な》でられ、全体を包まれる。興奮しているのに、何故だか同時に安心感も覚える。他の誰でもない。ガイに触れてほしかったのだ。

ガイは白い乳房をすくい上げるようにして、そこに唇をつけた。心臓がドキドキしている。彼にこの音が聞こえるのではないかと、アンジェリンは気になった。これほどまでに彼のキスや愛撫《あいぶ》を求めている自分の気持ちを知られたくなかった。

乳首にもキスをされる。いや、キスだけではなく、唇に含まれていた。彼の舌を敏感な部分に感じて、アンジェリンは甘い声を出した。

全身がカッと熱くなってくる。恥ずかしいのに、とても気持ちがいい。そして、その快感が自分の身体の内部に強烈な疼きをもたらしていた。

自分の行き着く先がどこなのか判らない。この行為の結末がどうなるのか判らないのに、どうしても続きがしたかった。アンジェリンの頭の片隅では、相変わらず警告がなされている。今すぐ逃げるべきだと。彼を信用してはならないと。

しかし、もはや逃《のが》れられない。いや、逃れたくない。このまま蜘蛛《くも》の巣に絡まったままでいたいのだ。

気がつくと、服は脱がされていた。ガイはまだ手を緩めない。アンジェリンが身につけている下着もまた一枚、一枚と脱がせていく。アンジェリンは恥らいながらも、抵抗しなかった。自分の裸を見ていいのは、ガイだけのような気がしていたからだ。

最後まで身にまとっていたペチコートを取り去られたとき、アンジェリンは彼の食い入るような欲望の視線を感じた。

とうとう、彼にすべてを晒してしまった。アンジェリンの身体に震えが走った。見つめられていることが嬉しいのか、それとも悲しいのか、自分でも判らなくなっている。アンジェリンはすっかり混乱していた。

ガイはアンジェリンの脇腹から腰にかけてのラインに手を滑らせていった。身体がビクンと揺れる。彼の手の感触を素肌で感じている。それが特別なことのように思えてくる。

だって……。望んでも得られないと思っていたから。

六年前、彼はアンジェリンを子供だと思っていた。こんなことをする対象だとはきっと考えていなかっただろう。そして、彼がここから去って、二度と会えないと思っていた。

今は……違う。彼はアンジェリンの肌に触れたいのだ。

ガイはもう一度、乳首を口に含んだ。

「あ……」

小さな吐息混じりの声が唇から洩れる。彼の舌の動きがさっきより強く感じられた。もう一方の乳首が彼の指に触れられる。親指と人差し指でつままれ、まるで玩具のように弄《いじ》られているのに、アンジェリンは気持ちがよくなって、身体をよじった。

自分がこれほど感じていることが信じられなかった。自分の身体がこんなふうになるなんて、今まで知らなかった。

身体にキスされたり、素肌に触れられることがとても恥ずかしいのに、何故だかもっとしてもらいたくなってくる。まるで夢の中にいるようだった。ガイはとても優しくて、これこそが自分が求めていたもののように思えてくる。

さっきまで頭の中にあった警戒心《けいかい》がどこかに消えてしまっている。彼を信じていいのかどうか、自分でも判らない。けれども、今更、引き返せないところまで来ていた。こんな嵐のような情熱に晒されて、何もなかったかのように、ここから去ることはできなかった。

乳首が軽く吸われて、小さな疼きを感じる。

「やっ……ぁ」

彼はクスッと笑って、もう一方の乳首にも同じことをした。なんだか、彼にいいように弄ばれているような気もする。

アンジェリンはもっと他の場所にもキスしてほしかった。具体的にどこというわけではなかったが、もどかしかった。身体の奥の炎は、少しキスしたくらいでは鎮《しず》められないからだ。

ガイはアンジェリンの心の中の声が聞こえたのか、身体のあちこちにキスをし始めた。

彼の唇が敏感なところに押し当てられる度に、アンジェリンの口からは吐息にも似た甘い声が洩《も》れる。

甘いのに、掠《かす》れた声。アンジェリンはそんな声を出してしまった自分が、恥ずかしくてたまらなかった。けれども、そう思っている間にも、彼の唇の感触に屈してしまう。まるで、自分が自分でないみたいだ。

アンジェリンが現実に戻ったのは、ガイが太腿《ふともも》にキスしたときだった。夢の中にいるようにふわふわとしていた気持ちだったのが、はっと我に返る。

わたし、一体、何をしていたの……？

彼の愛撫とキスに酔わされていた。何をされてもいいような気がしていたが、もちろんそんなわけはない。

「いやっ……」

ガイが膝の辺りに手をかけて、両脚を左右に広げようとしている。アンジェリンは焦《あせ》って、太腿に力を入れて、合わせようとした。しかし、彼の力にかなうはずがなく、両脚は押し広げられてしまう。

その奥に、彼の視線が向かう。じっと見つめられて、アンジェリンはすすり泣くような声を出した。

「やめて……見ないで……」

「今更、何を言ってるんだ。裸にされても抵抗しなかったのに」

確かにそうかもしれないが、明かりのついた部屋で、こんなふうに脚を広げられるとは思っていなかったのだ。だが、ガイにとっては、明らかに大したことではないようだった。

これは当たり前のことなの？　本当に？

アンジェリンの目に涙が溜まる。

「乙女としては恥ずかしいわけか？」

「そうよ……」

恨《うら》みがましい目つきで見ると、ガイは鼻で笑った。

「君のここはまったく嫌がってないようだが」

「え……？」

ガイは片方の手だけ離して、アンジェリンの脚の間に手を差し入れた。

「あ……。やっ……」

彼に大事なところを触られている。アンジェリンの身体はビクッと震えた。彼の指がゆっくりとそこをなぞると、思いもかけない快感が湧いてくる。

「自分でも判るだろう？　いつもと違うんじゃないか？」

確かにそうだ。そこが熱く蕩けてしまっている。触れられると気持ちがよくて、もっと大胆に触れてほしくなってきた。

「ああ……わたし……」

なんと言っていいのか判らない。ただ、身体が熱く燃えている。この熱をどうやって鎮めればいいのだろう。その方法を彼が知っているのだろうか。

彼の指はゆっくりとそこを撫でている。けれども、アンジェリンはもうそれだけでは満足できなかった。

自分が何を求めているのか、よく判らない。彼が何をしようとしているのかも。

だが、熱く潤った身体は、何かを追い求めていた。彼が施してくれる愛撫の先の行為を。

頭の中が混乱している。アンジェリンはもはや冷静ではあり得なかった。恥ずかしいのに、思わず腰を蠢《うごめ》かせていた。

ガイはふっと笑った。

「何をしてもらいたいんだ？」

「わ……判らないの……。でも……」

「でも、もっと気持ちいいことをしてもらいたい？」

彼の言葉にアンジェリンは頬を染めて頷いた。ガイの瞳が何かの感情に支配されたようにきらめいた。

「じゃあ……してあげよう。君が望むことを」

「わたしが……望むこと？」

「ああ。君はただ、僕のすることに感じていればいいんだ。他の何も必要じゃない」

ガイの言葉は、アンジェリンを安心させるような優しい響きがあった。彼に任せていれば、何もかも上手《うま》くいく。そんな気がした。

ガイはアンジェリンの脚をもっと押し広げた。

「やめてっ……」

悲鳴のような声を出したのは、恥ずかしかったからだ。しかし、彼の次の行動は、恥ずかしいどころではなかった。

彼は今まで指でなぞっていた部分にキスをしたのだ。

「あ……！」

アンジェリンは身体を強張らせた。何も言えないくらい、衝撃を覚えたからだ。

嘘……。嘘よ……。

アンジェリンは呆然《ぼうぜん》として、四柱式ベッドの天蓋《てんがい》の布を見つめた。キスというより、彼はそこを舐《な》めている。彼の舌の動きが確かに感じられる。

男女の間に何か秘密の儀式があるのは知っていた。それは寝室の中で行なわれるもので、どうやら裸になるものらしい。アンジェリンはその程度の知識しかなかった。しかし、どうして誰も教えてくれなかったのか、判るような気がした。

まさか、こんなことをするなんて……。

口に出すのも恥ずかしい。しかし、だからと言って、拒絶したいものでもなかった。もちろん、嫌いな人にはこんなことをされたくない。たとえば、メレディス邸の舞踏会で襲ってきたような男に、こんな親密なことはされたくなかった。

大好きなガイだから……。

彼の唇がそこに触れ、彼の舌が襞《ひだ》をかき分けるようにして舐めているから、こんなふうに快感に震えていられるのだ。

アンジェリンは思わず目を閉じた。

そう、わたしは彼が好きだから。

結婚した夫婦がするような行為を、彼に許しているのだ。

彼にもっと触れてもらいたい。もっとキスされたい。そして……。

彼が望むままに、身を捧げてしまいたい。

アンジェリンは強烈な欲求が湧き起こってくるのが判った。もう自分を止められない。

行き着くところまで行かないと、元の自分には戻れそうになかった。

彼の舌がひどく敏感な部分に触れた。アンジェリンの身体はビクンと痙攣《けいれん》するように大げさに震える。

「な……何……？」

ガイは答えてくれなかった。その代わりに、同じところを続けて舐めた。

「ああっ……」

身体がどうにかなってしまいそうだった。強い快感に身体中が侵されている。彼はもうアンジェリンの脚を押さえてはいなかった。押さえられなくても、アンジェリンはもう閉じようという気持ちを失くしていたからだ。

ガイはそこを舐めながら、再び指で秘裂に触れた。そして、その指を内部に潜り込ませてきた。

ガイの指がわたしの中に……。

確かに内部に異物感がある。ガイはそれを引き戻し、それから押し入れる。その動きを繰り返していく。

身体が熱くてたまらない。ガイがすることは、すべて気持ちのいいことばかりだった。

彼の指の動きも、舌の動きも、彼のかすかな吐息さえもアンジェリンの身体を高めていった。

アンジェリンは無意識のうちに頭を左右に振っていた。髪が顔にかかったが、そんなことはもうどうでもいい。ただ、強烈な何かが自分の内部から突き抜けていきそうになっている。

「ああ……ガイ！　わたし……ああっ……」

身体の内部にある熱が一気に噴き出そうとしている。アンジェリンはぐっと手脚に力を入れて、背中を反らした。

目を閉じていたのに、瞼《まぶた》の中で光が飛び散った。目も眩むような快感がアンジェリンの身体を貫く。

身体を弛緩させると、アンジェリンは大きく息を吐いた。心臓がドキドキしている。こんな感覚は初めてだった。とても素晴らしい何かを得たようで、アンジェリンは満ち足りた気分になる。

ガイがゆっくりと顔を上げた。それと同時に内部に潜り込んでいた指も出ていく。

アンジェリンはもう終わりなのだと思って、少しガッカリした。もっと何かをしてもらえると思っていたのに、これで終わりだなんて。

だが、ガイはズボンのボタンを外し始めた。彼も脱ぐのだろうか。アンジェリンはふと自分だけが裸でいることを強く意識した。彼も脱いでくれるなら、裸の自分と対等な関係になる気がする。

しかし、彼は着ているものを脱ぐわけではなく、下穿《したば》きの中にあるものを取り出した。アンジェリンはそれを見て、仰天《ぎょうてん》する。

いや、そういうものがあるのは知っていたが、実際に見たのは初めてだったからだ。

それは硬くそそり立っていた。何かの凶器のように見えて、アンジェリンは思わず目を背けた。

なんだか、とても怖くて……。

ガイはアンジェリンの手を取ると、自分の股間に触れさせた。そのたくましさに、小さく悲鳴を上げる。

「な……何をさせるつもり？」

「別に、今は何もしてもらいたくない。ただ……君だって興味があるだろうと思っただけだ」

「興味……？」

アンジェリンは狼狽した。

興味がないとは言わない。実際、とても興味がある。初めて目にするものだからだ。これからも、そうそう見られるものではないと思う。けれども、こうして触るとなると、話は別だ。

「で、でも……」

「恥ずかしがらなくていい。これが君を悦《よろこ》ばせるものなんだから、君にもちゃんと知ってもらいたいと思ったんだ」

「わたしを……悦ばせる？」

アンジェリンはきょとんとした。彼は唇を歪めて笑う。その表情はどこか残酷な悪魔のようにも見えた。

「君の中に入って、悦ばせるんだ」

わたしの中に……？

アンジェリンは青ざめて、それを見つめた。本気でそんなことを言っているのだろうか。いや、そんなはずはない。こんな大きなものが、指のように出入りするはずがない。

ガイはアンジェリンの手を離すと、両脚をまた押し広げた。それだけではなく、抱え上げるようにして、その間に自分の腰をぐいと進める。

彼の硬くなったものが秘所に当たっている。

アンジェリンは戸惑うように、ゆっくりと首を横に振った。

「そんなはず……ないわよね？　そんなことしないわよね？」

しかし、彼は返事をしなかった。その代わりに、腰をぐいと押しつけてきた。

「痛い……っ」

アンジェリンは逃げたかった。しかし、逃げるにはもう遅かった。彼のものが自分の中に入ってこようとしている。

身体を切り裂く痛みに、涙が零《こぼ》れ落ちる。

こんなに痛みを感じたのは、生まれて初めてだった。

「力を……抜くんだ」

「無理よっ。こんなこと……」

「無理じゃない。君の身体は僕を受け入れる。……必ずね」

彼がぐっと腰を落とした。アンジェリンは悲鳴を上げた。痛みと共に、彼のものが奥まで入ってきたのが判った。

鼓動が速い。アンジェリンは息を乱して、喘《あえ》いだ。だが、ガイもまた苦しそうにしている。

「あなたも……痛いの？」

「いや……。そうじゃない」

ガイは微笑んだ。その顔はとても優しそうに見えて、アンジェリンはドキッとする。

わたし、馬鹿みたい。どうして、彼が優しそうだなんて思うの？

彼は優しくなんかない。アンジェリンは彼のことがまだ好きだが、彼のほうは決してそうではないのだ。逆に、憎んでいるくらいだ。優しく見えたとしても、これはきっと今だけのものに違いない。

ああ、それでも、今だけでも優しくしてほしいと思ってしまう。

アンジェリンはとことん愚《おろ》かだった。結婚した男女がする行為とは、このことだったのだ。

ガイはアンジェリンを抱き締めた。自分の肌と彼の衣類が擦れている。布越しではあったが、温もりや鼓動が伝わってきて、アンジェリンは束の間の幸福を覚えた。

二人は身体を重ね合い、完璧に結ばれている。これは本来、結婚した男女だけがしていい行為なのだ。

一瞬、アンジェリンの胸に痛みが走る。

ガイがアンジェリンを花嫁にしたいと思うはずがない。今となっては、身分違いだ。メイドと結婚する伯爵なんか、聞いたこともなかった。

アンジェリンはその考えを頭から振り払った。今は彼に抱かれることに没頭したい。他のことは考えたくなかった。考えれば、悲しくなるだけに決まっているからだ。

アンジェリンはただガイを求めていた。彼を男性として求めていたのだ。それがこの行為のことなら、欲しいものは手に入ったということだ。

これが束《つか》の間の幸せでもいい。アンジェリンは彼の背中にそっと手を回した。彼の身体に自分から触れていると思うと、至福の境地になる。

ガイが好き……。

アンジェリンは子供の頃から一途な気持ちを持っていた。そして、今も同じ気持ちだった。

ガイが腰を動かした。すると、アンジェリンの中にあるものも動く。

「大丈夫か？」

「……ええ」

彼が何を大丈夫かと訊いているのか、よく判らなかった。また頭に霞《かすみ》がかかったように、上手くものが考えられない。熱い波に早くもさらわれそうになってしまっている。

「ガイ……っ。ガイ……！」

アンジェリンは彼にすがりついた。彼が腰を動かすと、アンジェリンの身体も燃え上がっていく。快感が奥からぐっとせり上がってくる。

彼の動きが速くなると、アンジェリンの頭の中は真っ白な快感で占められてしまう。

もう……耐えられない！

「あぁっ……っ！」

アンジェリンは絶頂を迎えて、ガイの首に腕を巻きつけていた。

ガイも身体を強張らせて、アンジェリンを強い力で抱き締める。耳元で彼の低い呻《うめ》き声を聞いて、再びアンジェリンは幸福感に包まれた。

このまま彼を離したくない。

ずっと抱き締めていたい。そして、ずっと抱き締められていたかった。

しかし、その幸福感はガイの余韻《よいん》が消えるまでだった。


彼はさっと身体を離した。アンジェリンはそれがとても悲しかった。もっと傍《そば》にいたかったのに、拒絶されたような気がしたからだ。

「ガイ……」

彼はしどけなくベッドに横たわる肉体を見て、眉をひそめた。その眼差しが凍りつくほど冷たくて、アンジェリンはぞっとした。

彼はもう後悔しているんだわ。

メイドなんかと身体を重ねたことを嫌悪しているの？　それとも、わたしが憎むべき相手だったことを思い出したの？

どちらにしても、アンジェリンにはあまり嬉しくないことだろう。だが、彼がここに連れてきたのだ。そして、ベッドに誘った。彼にしてみれば、あまりにも簡単だったことだろう。ただ、ここへ連れてきて、キスしただけで、アンジェリンは彼の手に堕《お》ちたのだ。

そして、彼の好きなように弄ばれてしまった……。

そう。わたしは彼に弄ばれたのよ。

どうして、そんなふうに身体を差し出してしまったのだろう。純潔を失うことは判っていたのに。もっとも、純潔を失う行為そのものが、アンジェリンにはよく判っていなかったのだが。

ガイはベッドを下りて、寝室を横切り、洗面室へと消えていった。水音がしている。彼は身体を拭いているのだろうか。自分と交わった部分を。

アンジェリンは急に自分が汚い存在になったような気がした。彼は汚れを落としているのだと思ったからだ。

こうして裸で彼のベッドにいつまでも横たわっているなんて、してはならないのかもしれない。

　アンジェリンは悲しみの中、身体を起こした。しかし、上手く動いてくれない。すぐさま服を着て、この部屋を出ていかねばならないと思うのに。

　ガイが洗面室から戻ってきて、濡らしたタオルをアンジェリンに放った。アンジェリンはそのタオルを持ったまま、途方に暮れてしまった。このタオルで拭けというのだろうが、彼の目に身体を拭くところを晒したくなかった。

　ガイは苛々したようにタオルを奪い取ると、それでアンジェリンの身体を拭いた。

「あ……自分でやるわ」

「君に任せていたら、いつまで経っても終わらない」

　グズだと非難されているようで、アンジェリンはまた悲しくなった。彼はもう自分に用事がないのだ。するべきことを終えてしまったから。

　早く服を着て、さっさと屋根裏部屋に帰れと思われているのだろう。アンジェリンは彼が身体を拭き終わると、すぐにベッドから下りて、床に散らばっている服を手に取ろうとした。

「まだだ、アンジェリン」

　メイドのアンではなく、アンジェリンと呼んでもらえたことが嬉しかった。もちろん、彼にとっては、大した意味はないだろうが。

「でも……」

彼のほうは服を身につけていて、乱れも直している。それなら、自分だって、身支度をしていいはずだ。自分だけが裸で、ここに立っていなくてはならないのは苦痛だった。しかも、もうさっきのような熱い誘惑に晒されているわけではないのだ。彼に冷ややかな目つきで見つめられている。それに、アンジェリン自身も、眩暈《めまい》のような至福の時間が過ぎ、元の自分に戻っていた。

彼は裸のアンジェリンを抱き上げて、再びベッドの上に戻した。

「お願い……。なんでもいいから、何か身につけさせて」

「まだダメだ」

ガイは立ったまま腕を組み、裸でベッドに腰かけるアンジェリンをじろじろと見つめた。アンジェリンは身の置き所がなく、両手で胸を隠してみたが、それでも恥ずかしくてたまらなかった。まるで見物されているような気がしたからだ。

「昔はほんの子供だったのにな。まさか自分がアンジェリンお嬢様を犯すことになるとは、想像もしなかった」

『抱く』ではなく、『犯す』という言葉を使われて、アンジェリンはぞっとした。彼にとっては、今の行為も単なる復讐のひとつだったのだ。優しくしてくれたから、自分に対して、言葉では説明できないような欲望があると思っていたのに。

それが愛とか好意だとは、アンジェリンも思っていなかったが、純潔を捧げることになったのに、彼にとってさっきの行為は六年前の仕返しでしかなかったのだろうか。

そんな……。

彼の恨みはそれほど根深いものなのか。アンジェリンはガイの凍りつくような眼差しを見て、身震いをした。

確かに、彼はまだアンジェリンから奪えるものがあると口にした。そのことに、もっと警戒《けいかい》すべきだったのだ。悔やんでも悔やみきれない。今となっては、自分のすべてが彼のものになってしまっていた。

「どうして……わたしをそこまで傷つけようとするの？」

「そんなこと、君はもうとっくに理解していたはずだろう」

アンジェリンは目を伏せて、首を横に振った。

「いいえ……。六年前、確かにわたしはあなたの仕事を奪ってしまった。わたしのせいで、家も追い出されたかもしれない。でも、あなたは行くところがあったんでしょう？　それで、今は裕福な伯爵になったじゃないの……」

十二歳の少女が引き起こした事件は、そこまでひどいと思えない。もちろん、この六年間、ガイがどうなったのか気になってはいたが、結果的に今、彼は不幸のどん底にいるわけではない。

アンジェリンは不意にガイに肩を押されて、後ろに突き倒された。ガイの憎しみに満ちた瞳が、アンジェリンを睨みつけている。

「よく見るんだな。君の愚かな戯れの結果を」

ガイは身体を起こすと、シャツのボタンを外した。そして、シャツを脱ぐと、くるりと後ろを向いた。

アンジェリンは彼の背中を見て、息を呑んだ。

そこには無数の傷跡が残されている。

「どうしたの……？　なんの傷跡なの？」

ガイはシャツを着て、振り返る。彼の目には確かな憎しみの炎が宿っていた。

「君のお父さんに鞭《むち》で打たれた傷跡だ」

「そんな……！　お父様がそんな残酷なことをするはずないわ！」

あの優しかった父が、使用人を鞭で打つなんて考えられない。

「ところが、実際したんだ。大事な娘に馬番ごときが手を出したから、厳しく罰しなければばならないと思ったんだろう」

アンジェリンは六年前のことを思い出した。あのとき父は激怒していた。そして、従僕に、アンジェリンを部屋に閉じ込めるように命令したのだ。

きっと、あの後のことだ。父は怒りのあまり、ガイを鞭で打って、罰を与えたに違いない。

アンジェリンは大きく目を開いて、ガイの憎しみに満ちた顔を見つめた。

何も言えなかった。鞭で打たれれば痛いが、それだけでは済まない。ガイのような自尊心の高い男には、そんな辱めは耐えられなかっただろう。しかも、傷跡が今も残るくらい、彼は手加減なしに打たれていたのだ。

最後にガイを見たとき、彼の眼差しは鋭かった。あれは鞭で打たれた後だったのだ。憎々しげに睨《にら》まれたのも、当然だった。

「ごめんなさい……。わたし……父にはわたしのせいだって言ったのに……」

「君のお父さんはそんなことはどうでもよかったんだ。君から誘惑したとしても、悪いのは馬番に決まっている」

彼の口調は冷たいままだった。今更、どんなに謝っても、彼はアンジェリンを許すつもりはないのだろう。あのときの傷ついた自尊心を取り戻すために、アンジェリンの純潔を奪った。そして、今も裸のままで、こんな話を聞かせているのだ。

「本当に悪かったと思っているわ。わたしの愚かな行動がこんな結果を招いたなんて……。でも……もう恨みは晴らしたでしょう？　それこそ、もうわたしから奪えるものなんて、何も残ってないもの」

ガイは肩をすくめた。

「果たしてそうかな？」

「だって……あなたはわたしの大事なものを奪ったじゃないの」

アンジェリンは恨みがましい気持ちになった。あんなに優しく抱いてくれて、心が通じ合ったような気がしたのに、次の瞬間には地獄に突き落とされたのだ。ガイが気づいているのかどうか判らないが、アンジェリンにとっては究極の復讐だった。

今まさに、心が打ち砕かれてる。純粋な気持ちで、好きな人に純潔を捧げたのに、それが単なる復讐だったなんて……。

「僕が受けた屈辱と絶望は、君の純潔と引き換えにはできないさ」

「絶望……って？」

アンジェリンは大きな瞳で彼の強張った顔を見つめた。

屈辱は判る。しかし、絶望するようなことがあったのだろうか。あったとしても、一時的なことだろう。

「僕は借家を追い出されて、父方の伯父の領地へと向かった。母は身体が弱くて、そんな長旅には耐えられなかった……」

アンジェリンは彼の母親のことを思い出した。確かに、病弱だった。ガイはいつだって、そんな母親を大事にしていたのだ。

「母は重い病にかかって、あの一年後に死んだよ」

「そんな……っ」

あの優しかったガイの母が亡くなっていたなんて……！

アンジェリンは衝撃を受けていた。ガイの母のことは、アンジェリンも大好きだったのだ。だが、彼が母の死をアンジェリンのせいだと考えているのは、その目つきからして間違いない。

「長旅で体調を崩したのが原因だ。あれから母はベッドに臥《ふ》せってばかりだった。僕はいつものことだと思っていたが、そうではなかった。母は重い病にかかったことを、僕に悟られまいとしたんだ」

ぎらぎら光る目を、彼はアンジェリンに向けている。アンジェリンはただ彼のその目を見つめて、胸元で拳をギュッと握った。

これほどまでに、わたしは憎まれている。

そう思うと、胸が苦しくて、息もつけなかった。

「すべて、君のせいだ。お嬢様の我がままな気まぐれが、すべてを引き起こしたんだ！」

アンジェリンは何も言い返せなかった。自分のせいじゃないとは、とても言えなかった。

実際、あれがすべての原因だったのだ。

彼がアンジェリンから何もかも奪ってやると誓《ちか》いを立てたのも、判る気がする。そうしなければ、この恨みは晴らせないと思うのも。

今更、どれほど謝っても、どれほど償《つぐな》っても、彼の母親の命は戻らない。

ああ……わたし、なんてことをしてしまったの！

アンジェリンは打ちのめされてしまっていた。もう、自分には本当に何も残されていない。夢も希望もない。彼に恋していた気持ちも、粉々に砕かれた。

ガイはアンジェリンの腕を引っ張って、乱暴に立ち上がらせた。そして、衣装戸棚から何かを取り出すと、アンジェリンに放ってよこした。それは袖のない黒い二重マントで、外套《がいとう》の上にケープがつけられているものだ。

「な……何？」

「それを素肌に羽織るんだ」

アンジェリンは彼の言うとおりにした。本当は自分の服を身につけたい。けれども、彼の言いなりにならなければいけない理由が、アンジェリンにはあった。

もう、彼には決して逆らえない。自分はもはや彼の使用人ではなかった。

わたしは……彼の奴隷だ。彼が許すと言うまで、償い続けなくてはならない。

マントを羽織り、前ボタンを留めたアンジェリンを、ガイは抱き上げる。そして、部屋を出ていく。自分がどこに連れていかれるのか判らなくて、恐ろしくてたまらないが、行き先を訊けるような雰囲気でもなかった。

階段を下りて、使用人の出入り口から外に出る。夜の冷気がマントを透《とお》って、身に染みる。しかし、文句は言えなかった。

ガイは厩舎へと向かった。アンジェリンをそこに下ろすと、自分の馬に手際よく鞍《くら》をつけた。

今から乗馬をするつもりなのだろうか。自分はこのままここに置き去りにされるということなのか。

裸で……？

マントを羽織っていても、下は裸だった。足だってもちろん何も履いていない。こんな格好で置き去りにすることも、彼の復讐のひとつなのだろうか。

たとえ、そうであっても、アンジェリンは何も言えなかった。ただ、耐えるしかない。どんな仕打ちを受けたとしても。

ガイは乗馬の用意ができた馬に、ひらりと飛び乗った。そして、手をアンジェリンに差し伸べる。

「え……?」

ガイは無言でアンジェリンの身体を引き寄せ、軽々と馬に乗せた。マントの下は裸なのに、馬を跨《また》ぐ格好で座らせられる。しかも、ガイの前に。

ガイのマントだから、小柄なアンジェリンからすると、かなり大きい。けれども、馬を跨げば、ずり上がったマントから脚が飛び出してしまう。

自分が外でこんな格好をしていることが信じられない。いくら真夜中であっても、もし誰かに出くわしてしまったら、どんなに恥ずかしい思いをすることだろう。

せめて闇夜ならよかったのに、空には満月が皓々《こうこう》と照っている。月光の中、ガイは馬を走らせ始めた。

「ガイ……!　いやよ……!」

馬は二人の人間を乗せているので、それほど速く走っているわけではない。しかし、何も身につけていない両脚の間に、振動が伝わってきてしまう。大きく脚を広げているから、それを止めることはできなかった。

ガイは楽しそうに笑った。アンジェリンは血の気が引いていく。何が楽しいというのだろう。これほど自分をつらい目に遭わせているというのに。

彼は血も涙もない人なの……？

そんなことは、ないわよね？　彼は本来、優しい人のはず。

ガイはかつてアンジェリンに馬の乗り方を教えてくれた。彼は少女だったアンジェリンに、手取り足取り、辛抱《しんぼう》強く励ましながら教えたのだ。

だからこそ、ガイはアンジェリンの王子様だったのだ。優しくて、格好よくて、賢くて、素敵なお兄さんだったから。

彼に償いをするためには、こんな辱《はずかし》めにも耐えなくてはならないのだろうか。ガイは一方の手を手綱から離して、アンジェリンの胸をまさぐった。

「いやっ……」

もう、やめて……！

これ以上、わたしを辱めないで！

そう叫びたかったが、それはできなかった。その代わり、涙を頬に零《こぼ》した。だが、自分が泣いていようが、どうしようが、彼にはどうでもいいことに違いない。それどころか、彼は泣かせてしまいたいと思っているのかもしれない。

何故なら、これは復讐だから。アンジェリンが苦しめば苦しむほど、彼は楽しい気分になるのだろう。

ガイはマントの裾から手を差し込んできた。白い太腿が露《あら》わになる。馬は草原の中の小道を走っている。二人を見ているのは満月だけで、人はいないようだ。

でも、もし誰かに見られたら……？

ガイは平気かもしれない。だが、アンジェリンは違う。今はメイドでも、この土地に住む令嬢だったから、誰もがアンジェリンの顔を知っているのだ。

裸で馬に乗り、こんな恥ずかしいことをされているなんて……。

彼はマントの中に差し込んだ手を上げていき、胸のふくらみを覆った。そして、その先端を指で弄り始める。

アンジェリンは思わず喘いだ。快感より羞恥《しゅうち》のあまりだ。マントはもう自分の身体を隠してはいない。半分、露わになっていて、風に翻《ひるがえ》っている。誰かに見られたら、裸で馬に乗っているのが、すぐに判ってしまう。

「いやっ……いやよ……」

泣きながら訴えるが、彼は許してくれない。身をよじって、彼の手を避けたいのに、馬

の上ではそんなことはできない。馬から振り落とされてしまう。

ああ……一体どうしたらいいの？

結局のところ、アンジェリンはどうすることもできなかった。ただ彼のすることに従い、耐えなくてはならないのだ。それが罪を償う唯一の方法だった。どんなに恥ずかしくても、どんなに屈辱的でも、我慢するしかなかった。

彼の手は胸からお腹《なか》のほうへと下がっていく。しかし、喜べなかった。彼は広げた両脚の間に触れてきたからだ。

「お願い……やめて」

指がアンジェリンの秘所に触れる。それも一番感じる場所だ。そこに彼の指が押し当てられると、馬が走る振動が刺激になってしまう。

「あっ……あんっ……はぁ……」

アンジェリンはたちまち頬を熱くした。乗馬しているときに、こんな甘い声を出す人はいないだろう。

なんて淫《みだ》らなのか。ガイがしていることだが、実際に感じているのも、喘ぎ声を出しているのもアンジェリンのほうなのだ。

この満月の下で、髪を振り乱しながら。

何もかも夢の中の出来事だったらいいのに。

だが、これは冷たい現実だった。冷酷なガイが仕掛けたことで、アンジェリンは罠《わな》に落ちてしまったのだ。もう這い上がることはできない。

絶望の中、アンジェリンは快感に集中することにした。他のことは考えたくない。考えれば考えるほど、つらくなるだけだったからだ。

快感を否定することのほうが難しい。もういっそ、ありのまま受け止めたほうがずっといい。ガイもそれを望んでいる。アンジェリンが淫らな女に成り下がることを。そして、彼はそれできっと気分がよくなるのだろう。

かつてのお嬢様を地に落とすことで。

馬の駆け足の振動で、アンジェリンは息も絶え絶えになった。彼の指たった一本で、追いつめられていく。覚えたばかりの快感が自分の身体の内部で徐々に膨《ふく》らんでいる。やがて、耐えられなくなったとき、その灼熱《しゃくねつ》の感覚が脳天まで突き抜けていった。

「あぁぁっっ……！」

アンジェリンは身体を強張らせた後、力を失くして、後ろにいるガイに身体を預けた。懸命《けんめい》に息を整える。恥ずかしくて、身体が燃えるようだ。ここは馬の上だというのに、どうしてこんなことになったのだろう。

ガイは目的を達したのか、馬を厩舎に向けた。

冷たい月光が目に染みる。アンジェリンは馬から下ろされた。ガイはマントをつけただけの姿を、軽蔑《けいべつ》したような目で見てきた。

彼がそうさせたくせに……！

「君は自分の屋根裏部屋に戻るといい。ああ、その前に、きちんと服を着なくてはな」

ガイは冷酷な笑みを浮かべて、そう言い放った。

アンジェリンは唇を噛み締めるしかなかった。


翌朝早く、ガイは再び馬に乗った。

昨日と違い、アンジェリンはいない。草原の中の小道で馬を走らせ、朝日を浴びる。本来なら、爽快な気分になるところだが、アンジェリンの泣き顔を思い出すと、何故だか憂《ゆう》鬱《うつ》だった。

昨夜、ガイはほとんど眠れなかった。

アンジェリンを抱いたベッドには、彼女が使った石鹸《せつけん》の香りがまだ残っているような気がした。

彼女を誘惑するのは簡単だった。キスもよく知らない無垢《むく》な娘だったからだ。優しくキスをするだけで、彼女の身体はガイに対する警戒心をすぐに失くしたのだ。

無防備な彼女をこのベッドで抱いた。そして、自分が彼女を憎む理由を話してやった。

裸に等しい姿で馬に乗せて、引き回したとき、彼女の頬には苦しみの涙があった。彼女が守っていた大事なものを奪い尽くして、屈辱を味わわせ、それで自分の心は満足するはずだった。

だが、今、ガイの心には満足とはまったく正反対の気持ちしかなかった。

何故だろう……。どうして、心が晴れないのだ。

ガイはどういうわけか、後味の悪さを覚えていた。アンジェリンを傷つける権利があるのは、確かなのに。けれども、彼女が泣いたからといって、母は戻らないし、自分の背中についた傷跡も消えたりしない。

復讐なんて、する意味があったんだろうか。

頭に過《よぎ》った考えを、ガイは打ち消した。自分と母の身に起こったことは、すべてアンジェリンが原因だ。だから、彼女を罰することは意味のあることだ。

脳裏に、アンジェリンの一糸まとわぬ姿が浮かんだ。ベッドの上にしどけなく横たわっていた。金髪の長い髪が広がり、信じられないくらい美しかった。それを思い出すだけで、ガイの身体に情熱が滾《たぎ》ってきそうになる。

一度では足りない。まだ彼女を追い出すことはできない。

そうだ。彼女にはこの故郷でもっと後悔してもらわなくてはならない。あのときの自分の行動を。

頭の片隅で、もう充分じゃないかという心の声が聞こえたような気がした。しかし、ガイはそれを振り払った。母の死に様を思い出す度に、誰かに罪を償わせなければならないと思う。それにふさわしいのは、アンジェリンしかいない。

ガイは厩舎に戻り、愛馬の手綱を馬番の少年ジョンに渡した。彼はモントラン村に住む少年だった。彼の姿に、つい昔の自分を重ね合わせてしまう。

ガイがかつてここの馬番であったことは、使用人の噂《うわさ》になっていることだろう。何故なら、ここの使用人のうち数人は昔からこの屋敷で働いていたからだ。そのこともアンジェリンへの復讐のためだったが、今ではそれが正しいことだったかどうか判らない。

馬番だった過去を、恥ずべきものだとは感じていないが、噂をされて嬉しい気分には決してならない。とはいえ、まったく新しい使用人を雇ったにしろ、噂は広がるものだ。この村には、ガイのことをよく知っている人間がたくさんいるからだ。

ガイはジョンに声をかけた。

「仕事はどうだ？　きつくないか？」

ジョンは目を丸くしたが、はっきりと返事をした。

「はい、旦那様。この仕事のおかげで、僕の家族は助かっています。それに、馬は大好きだし、馬の世話をすることはとても楽しいんです」

彼の言葉にきっと嘘はないだろう。馬番頭から、彼が熱心に働いていることは聞いている。そして、彼がとても利口だということも。

「おまえが真面目《まじめ》に働けば、いずれその分だけ給金も上がる。しっかり頑張れよ」

「はい！　旦那様」

ジョンは頬を薔薇《ばら》色に染めて、元気よく返事をした。ガイは頷き、厩舎を後にした。

かつてステイベリー家のものだった厩舎には、おぞましい思い出があった。アンジェリンの父親に、鞭で打たれたことだ。一方的に罵《のの》られ、暴力を与えられた。あの屈辱と痛みはどうしても忘れることはできなかった。

厩舎には他にもたくさん思い出があった。ガイもジョンと同じように馬の世話が好きだったからだ。そして、少女の頃のアンジェリンは人形のように可愛かった。父親があれほど溺愛《できあい》していたのも判る気はする。ガイは彼女に馬の乗り方を教えたのだ。最初はぎこちなかったのに、すぐにガイと共に馬を走らせられるようになった。

ガイは何度も乗馬をする彼女の供をした。長い金髪が陽《ひ》にきらめいていて、彼女を子供だと思っていたにも拘《かかわ》らず、その光景を美しいとも思っていた。

なんにしても、それはもう昔のことだ。ここは思い出が多すぎる。アンジェリンへの復讐のためだけに、ガイはこの領地と屋敷を手に入れた。かつて馬番だった自分が、ここで主人となる。それを彼女に示したいがために、ここを買ったのだ。

だが、いつまでもここにいるべきではないかもしれない。アンジェリンのことなど、もう忘れるべきなのだろう。

ガイは屋敷の中に入った。すると、アンジェリンが乾いた布で手すりを磨いているところに出くわした。

彼女はガイと目が合うと、ぎこちなく視線を逸らした。頬は赤くなっている。昨夜のことを思い出しているのだろう。

ガイもまた思い出していた。昨夜、彼女が自分の腕の中で乱れていたところを。流れるような長い金髪。痩《や》せてはいるが、魅力的な肢体。柔らかい乳房。彼女は愛撫とキスに頬を染め、甘い声でガイを求めていた。

いや……やはり彼女はまだ手放せない。

ガイは彼女を忘れてしまうことなど、できそうになかった。これがどんな結果になろうとも、彼女を抱きたかった。

そう。何度でも。

ガイは唇を歪めて笑った。自嘲するしかない。昨日の今日、まして朝なのに、自分は彼女をベッドに押し倒すことしか考えていない。なんて好色な男だろう。

アンジェリンにこれほどまでに惹きつけられてしまうのは、きっと彼女を憎んでいるせいだ。だから、どうしても自分のものにしたくなってくる。そうでなければ、これほど彼女に執着する自分の気持ちが理解できなかった。

女など、いくらでもいる。こちらがその気になる女は少ないが、それでも今まで性欲を発散する相手に不自由したことはない。何しろ、伯爵ともなれば、いろんな機会が向こうから飛び込んでくる。未亡人や人妻から誘惑されることもしばしばだった。

しかし、今はアンジェリンを抱くことしか考えられない。彼女以外の女は決して欲しくなかった。

「アン、昨日はよく眠れたか？」

ガイはわざと彼女を傷つけるようなことを尋ねた。

彼女の頬は真っ赤になった。一瞬、こちらをキッと睨みつけてきたが、すぐに目を伏せる。

「……はい、旦那様」

ガイの頬がピクリと動いた。やはり彼女に旦那様などと呼ばれたくない。自分でも矛盾《むじゅん》していると思う。彼女をメイドとして扱い、屈辱を味わわせたいと思っているのに、自分が彼女に主人扱いされるのが嬉しくないのだ。

よい主人なら、使用人に手を出したりしないからだろうか。二人の間に線を引かれるのが嫌なのかもしれない。

とにかく、ガイは成長したアンジェリンを見かけたときから、彼女が欲しかった。彼女と言葉を交わし、キスをしたあの日から、その気持ちは抑えられなくなった。そして、現実に彼女を抱いた今では、その気持ちはもっと膨らんでいるようだった。

主人とメイドという関係のままではいたくない。しかし、この関係を変えたくないという気持ちもあるのだ。ガイは自分が彼女に対して、どうしていいのか判らなくなっていた。ただ、普通のメイドのように『旦那様』などと呼んでほしくないのは確かだった。

ガイは視線を逸らそうとするアンジェリンの注意を引きたかった。

「夜になったら、また迎えにいく」

小さな声でそう囁くと、アンジェリンは驚いたようにガイの顔を見た。瞳の中に怒りが見える。ガイはそんな彼女の表情が、何故だか普段より何倍も美しく見えた。

彼女が従順なメイドであればいいと思っているのに、同時にそんな生き生きとした表情を見たいとも思ってしまうのだ。まったく矛盾している。

「わたし、あんなことはもうしません」

小さな声ながら、彼女はきっぱりとそう言った。ガイはにやりと笑う。

「君は抵抗できないさ。その理由は言うまでもないことだが」

彼女はキスひとつで言いなりにできる。どんなに嫌だと言っても、身体が思いどおりにならないのだ。いや、身体の反応こそが、彼女の本音だ。触られたくないほど嫌ならば、あんな反応をするとは思えない。

アンジェリンは屈辱に唇を震わせた。ガイはその表情を見て、満足感を覚える。彼女は時々、感情を押し殺すことがある。表情を消してしまうのだ。そんな取り澄ました顔ではなく、気持ちを剝《む》き出しにした顔のほうが、ガイは気に入っていた。

「……もう充分でしょう？　あなたはわたしの大事なものを奪い尽くしたんだから」

「いや、まだ足りない」

アンジェリンはギョッとした顔でこちらを見つめてきた。

「奪い尽くしたとは言えない。君の償いはまだ終わってないんだ」

そう告げた途端、アンジェリンは一切の表情を消した。瞳がガラス玉のように虚ろに変化する。

こんな顔は嫌いだ。ガイは彼女にこんな顔をさせた自分を責めた。

「わたし、仕事が忙しいので」

彼女はなんの感情も込めずに言い、手すりを磨《みが》くことに一生懸命になった。ガイのことは彼女の中から閉め出されたかのようだった。

ガイは黙って、彼女から離れた。乗馬服を着替えるために、階段を上がり、二階の自室へと向かう。ちらりと振り返ると、家政婦のミセス・ケンプがやってきて、にこやかにアンジェリンに何事か話しかけるのが見えた。

アンジェリンはにっこりとミセス・ケンプに笑いかけた。

ガイはそれを見て、頭を殴られたような衝撃を覚えた。

それは少女の頃の無垢な微笑みそのままだったからだ。そして、それはもう自分には向けられることはない。

自分はアンジェリンの微笑みに値しない人間なのだろうか。六年前、自分が馬番であった頃は、いつもあんなふうに笑いかけてくれていたのに。

ガイは何かとても大切なものを失ったような気がしてならなかった。

その夜、アンジェリンは再びガイの寝室に連れていかれた。

断ったところで、彼は自分のしたいようにするだろう。それに、償いをしろと言われたら、断るわけにはいかなかった。

ガイに抱かれれば、抱かれるほど、自分の心は粉々に砕かれる可能性が高くなる。もう充分に傷ついたと思うのに、ガイはまだ足りないと言うのだ。復讐は終わっていないということだろう。

「アンジェリン……」

ガイは寝室ではアンジェリンと呼ぶことにしたのだろうか。昼間はメイドのアンで、夜は……娼婦《しょうふ》のアンジェリンといったところか。彼が自分を抱くのは、娼婦扱いして、屈辱を味わわせるためなのかもしれない。

ガイは振り返り、立ち尽くしたアンジェリンの身体を正面から抱き締めた。ランプの明かりに照らされ、寝室は柔らかい光に満ちていた。二人がもし愛情で結ばれた夫婦であるなら、どれほど幸せなことだろう。

だが、現実は過酷なものだ。彼は復讐のために、自分を抱くのだ。

わたしはガイのことが好きなのに。

彼は好意のカケラさえ、持っていないのだろうか。だから、こんなひどい仕打ちを平気ですに違いない。

アンジェリンは悲しかった。けれども、もう涙は乾いて出ない。昨夜、たくさん泣いたからかもしれない。乗馬の後、一人でここに戻り、散らばった服を身につけた。そうして、狭い階段を上り、屋根裏部屋で横になったのだ。

なかなか眠れなかった。いろんなことが自分の心を深く傷つけていた。純潔を失ったことより、それから後のことのほうがつらかった。あんなに冷たくしてもらいたくなかった。ただ、ほんの少し思いやりを持って、優しくしてくれれば、それでよかった。

だが、そんな優しさは期待してはいけなかったのだ。ベッドの上で優しくしてくれたのは、ただの気まぐれなのだろう。今だって、まるで愛しい恋人でもあるかのように抱き締めてくれるが、彼の心は愛情とは違うもので占められている。

せめて、ほんの少しでも愛情のようなものがあれば耐えられる。乙女の純潔を奪われ、身体を穢されても、愛情さえあればいい。たとえ、どんな種類の愛情であったとしても。

ガイはアンジェリン以外の使用人には優しいし、待遇もよく、気を遣ってくれるのだそうだ。ロンドンの彼の屋敷でもそう言われていた。だから、それはある種の愛情なのだと思う。

しかし、アンジェリンに対する気持ちだけが違う。彼女に向けられているのは、憎しみだけだ。

それなのに……。

ガイはアンジェリンの頬に手を添えて、じっと目を見つめてきた。彼の琥珀色の瞳には熱い欲望の炎が宿っている。アンジェリンにとって、それは救いだった。少なくとも、それは非難や軽蔑《けいべつ》の眼差しではないからだ。

冷たい目で見られるより、欲望に燃えた眼差しに晒されるほうがずっといい。

今、彼はわたしを欲しがっている……。

身体だけでもいいじゃないの。冷酷に扱われるより、ずっといい。

「綺麗だな……。君は本当に綺麗だ」

アンジェリンは彼の言葉に眉をひそめた。

「こんな格好をしているのに？　ロンドンには着飾っている美しい女性がたくさんいたわ」

それとも、メイドにしては綺麗だという意味なのだろうか。なんの飾り気もなく、髪も後ろに束ねただけで、古びたメイドの制服を着て、エプロンをつけているだけの自分が綺麗なはずはなかった。

「たとえば、君のいとこのエレンとか？」

アンジェリンはエレンに侮辱されていたことを思い出して、目を伏せた。ガイはエレンと結婚するのかと考えていたときもあった。結局、そうではなかったようだが、いずれアンジェリンは同様の悲しみに出会うことだろう。

その前に、給金を貯めて、ここから出ていかなければ……。

しかし、ガイはアンジェリンが去ることを許してくれるだろうか。どこか別の屋敷で働くにしても、彼が紹介状を書いてくれなくては、まともなところで働くことはできない。ガイはそういう意味では、アンジェリンの未来を手の中に握っていると言っても、過言ではなかった。

生かすも殺すも彼次第。恐ろしいことだ。

「確かに着飾れば、ある程度、美しくなれる。だが、君は着飾っていなくても、美しいんだ」

ガイはアンジェリンの髪からリボンを取り去った。豊かな金髪が背中を覆う。彼はその髪のひと房を手に取り、指に巻きつけた。

「でも……あなたはわたしのことを憎んでいるんでしょう？」

「憎んでいるからって、綺麗なものを醜いとは言えない。それに、こんなに綺麗でなければ、いくら復讐でも君を抱こうとは思わなかっただろう」

アンジェリンはガイの言葉に胸を突き刺されたような痛みを感じた。

彼はわたしの容姿を気に入っているだけなんだわ。

もちろん好きな人から綺麗だと言われて、嬉しくないわけではない。しかし、彼はアンジェリンそのものを欲しているわけではなく、少しばかり綺麗だから抱きたいと思うだけなのだ。

ガイはアンジェリンの髪を指に巻きつけたまま、指を口元に持ってくる。そして、その髪に口づけた。

アンジェリンはその仕草に、はっと目を瞠った。なんだか判らない熱いものが、身体の内部に込み上げてくる。それが深い愛情に満ちた仕草に見えたような気がして。

それは勘違いだ。彼は愛情なんて持っていない。美しいものを愛でているだけだ。

それでも、アンジェリンの鼓動は速くなっていく。彼の唇から目が離せない。優しくキスされたくて、たまらない気持ちになってくる。

睫毛《まつげ》が震える。昨夜の出来事が、頭の中にぐるぐる回っていて、自分から彼にしがみつきたい気分になっていた。

理由なんて、もうどうでもいい。ただ、彼に抱かれたい。そうすれば、つらいことをすべて忘れられるような気がした。

皮肉なものだ。つらいのは、ガイに憎まれることなのに。そのことを忘れるためには、彼に抱かれる必要があるのだ。そして、ガイは罰するために、アンジェリンを抱くつもりだ。これ以上の皮肉はないだろう。

彼の顔が近づいてくる。アンジェリンはそっと目を閉じた。彼のしっとりとした唇が重ねられて、眩暈がするような感覚が身体を巡り始めた。

ああ……わたしは彼が好き。

アンジェリンはおずおずと彼のキスに応《こた》えた。侵入してきた舌に、自分の舌を絡めてみる。この関係になんの未来がなくてもいい。ただ、彼が欲しかった。

キスをしながら手を回して、彼の背中を撫でる。そこには鞭の傷跡が残っていることを思い出した。それはせめてもの贖罪《しょくざい》だった。奴隷でもあるまいし、鞭で打たれて、どれほどその心が傷つけられたことだろう。

それもこれも、すべてわたしのせい……。

唇が離れると、ガイはアンジェリンの白いエプロンを取り去った。そして、前ボタンを外していく。服を脱がされ、スカートもはらりと床に落ちた。シュミーズも着古したものだし、ペチコートも貴婦人が身につけているものとはまったく品質自体が違う。そう思うと、アンジェリンの心には惨《みじ》めさが忍び込んできた。

こんなわたしでも、彼は綺麗だと言うの？

ガイはそんなことなど、気にも留めていないようだった。靴《くつ》を脱ぐように指示すると、まるで大事なものを抱えるようにアンジェリンを抱き上げ、ベッドにそっと下ろした。

彼の眼差しにはまだ熱っぽい光がある。どんな粗末な衣類も、欲望を損なってはいないようだった。

彼はペチコートの裾から手を差し入れて、脚に触れてきた。アンジェリンはビクッと身体を震わせる。脚に触れられただけで、身体が反応してしまう。そんな自分が恥ずかしかった。

ガーターを外され、靴下をくるくると丸めて下ろされる。素足に彼が触れている。たったそれだけでも、アンジェリンは胸をときめかせた。彼の手はアンジェリンにとって魔法の手も同然だった。

足首からゆっくりとふくらはぎを撫でられる。なんだか胸の奥がキュンとなって、思わず太腿を擦り合わせた。

ガイは目を細めて、アンジェリンの上気した顔を見つめた。そして、にやりと笑う。

「君は敏感なんだな」

なんだかそれがとても恥ずかしいことのように思えて、アンジェリンは首を振った。

「そんなことはないわ……」

「そうかな。僕にはとても……感じやすいように見える」

ガイの掌が膝より上に這い上っていき、太腿に触れる。そして、更に太腿の間へと指を忍び込ませた。はっと身体を強張らせたが、彼の指が一本だけ自分の内部に入ってきたのを拒むことはできなかった。

「こんなに簡単に指が入るのは、君が感じている証拠なんだ」

「そ……そうなの？」

真実はどうかなのか、アンジェリンには判らない。けれども、彼の言うとおりであるような気がしていた。

「そうだ……。君の中がとても潤《うるお》っている。熱くて……蕩《とろ》けてしまいそうだ……」

蕩けてしまいそうなのは、自分のほうだ。アンジェリンはそう思って、ますます頬を赤らめた。

彼は指をゆっくりと抜き差しした。

「あ……ぁっ……」

声を出すまいとするものの、何故だかひとりでに声が出てきてしまう。彼の長い指が自分の内部を侵していると思うと、身体の芯《しん》が火照ってくるようだった。

たった指一本で、自分はこんなに翻弄されている。恐ろしいことだった。この関係に溺れてしまいそうで、アンジェリンは怖かった。

いずれ、彼に捨てられるに違いないのに。今はこうして綺麗だと思い、抱き締めてもくれるが、彼はじきに飽きてしまうだろう。身分もお金もない。そんな自分を、彼がどれだけ大切にしてくれるだろうか。

彼は飽きたら捨てる。自分はそれを恨みに思う資格もない。そのときになって、涙に暮れるしかないのだ。

ああ……これも復讐なのね……。

優しくして勘違いをさせる。夢中にさせておいて、あっさり捨てるのだ。六年前にキスをしたあの日への復讐だ。

そう思ってみても、アンジェリンの身体についた炎は消せそうになかった。腰がひとりでに揺れる。恥ずかしいのに、止められない。彼にもっと刺激してもらいたかった。

キスも愛撫も、そしてそれ以上のことも、欲しくてたまらない。贖罪の気持ちと無関係に、ただ彼に抱かれたかった。

わたしにも欲望はあったんだわ。

今まで気づきもしなかったが、彼に無理やり目を開かされてしまったのだ。

何も知らなかった頃に彼に放り出されたら、多少はつらくても平気だったかもしれない。

しかし、こうして快感を教え込まれてから捨てられたら、どれほど彼を恋しく思うことだろう。

アンジェリンは彼に抵抗したかった。これ以上、彼に惹《ひ》かれたくなかった。

だが、心も身体も急速に彼を求めている。彼と身体を重ねて、束の間の幸福を味わいたかった。

ガイはふっと笑って、指を引き抜いた。

「あ……」

「名残惜《なごりお》しいか?」

彼はそう問いかけながら、ペチコートの紐《ひも》を解いた。それから、ゆっくりと焦らすように下ろしていった。

身体が震えている。彼の更なる愛撫が欲しくて。

恥ずかしいことに、胸の頂《いただき》が硬くなっているのが、薄いシュミーズ越しにはっきりと判った。彼はそこを指で軽く弾いた。

「やっ……」

そんな真似をされるとは思わなくて、アンジェリンは驚いた。ガイはにやりと笑い、改めてシュミーズの上からそこを掌《てのひら》で包む。

「君はもう純潔ではないんだ。いつまでも、そんなに恥ずかしそうに振る舞わなくてもいい」

「そんな……」

アンジェリンは今も恥ずかしかった。純潔を失ったからといって、急に羞恥心まで失くすことはない。

「だが、君がそういう顔をするのも悪くない。辱めているような気がするから」

彼の意地悪な言葉に、アンジェリンは黙って目を伏せた。彼が欲望を感じているならいいが、復讐で抱かれるのは嫌だ。せめて、それくらい夢を見させてほしい。現実は過酷でも、今だけは目を背けていたかった。

「目を開けて」

アンジェリンは苦痛を感じていたが、目を開けた。ガイの琥珀色の瞳が目の前にある。彼はアンジェリンの瞳の奥まで見つめられそうな距離にいたのだ。

「ガイ……」

「君は僕のものだ」

断固とした口調で、彼は宣言した。アンジェリンは何故、彼が突然そんなことを言い出したのか判らず、眉を寄せた。

「あなたのもの……？」

わたしは彼に雇われているだけだ。それも、今だけの関係に過ぎない。

確かに、彼は一生、アンジェリンの心に棲み続けるだろう。それは間違いない。しかし、自分は彼のものではない。

罪は償わなくてはならないことは判っている。だから、彼はアンジェリンを縛りつける権利があるだろう。それでも、彼のものではないのだ。それだけは違う。

アンジェリンは口元をほころばせた。

「何がおかしい？」

「わたしはあなたのメイドよ。それだけのことなのよ」

ガイは一瞬、唇を引き結んだ。だが次の瞬間に、にやりと笑う。

「メイドはこんな仕事もするのか？」

彼はアンジェリンの胸元に目をやる。

「あなたがしたことじゃないの」

「敏感な君に僕を求めさせるのは、簡単なことだ。そのうちに、君は僕から離れられなくなってくる。僕の愛撫なしには生きていけなくなるに違いない」

アンジェリンはぞっとした。そういう意味では、自分も危惧していたのだ。心以上に、自分の身体が暴走するような気がして怖かった。

「そんなことにはならないわ！」

アンジェリンはそう言ったものの、自信はなかった。

彼はわたしの心も見抜いているのかしら。彼をまだ好きでいることが判っていて、こんな残酷な仕打ちをしているの？

「それでは試してみようか」

ガイはアンジェリンを荒々しく抱くと、キスをしてきた。さっきのキスとは違う。無理やりアンジェリンの口をこじ開けるようにして、舌が侵入してくる。同時に、片方の胸をまさぐられた。

こんな乱暴な真似はいや……。

確かにそう思ったはずなのに、これが彼の情熱の証《あかし》のような気がしてきて、たちまち快感の渦に巻き込まれてしまう。

彼の言うとおり、自分はもう逃れられないのだろうか。そうではないと否定しつつも、シュミーズの上部から手が潜り込むと、もうたまらなくなって、身体を震わせた。

ガイに触れられると、それだけでおかしくなってくる。自分はまるで彼の言うことを聞く人形そのものだった。従順すぎるメイドだ。彼の言いなりになり、こうしてベッドの相手まで務めているのだ。

いつの間にか唇は離れていた。背中を反らすようにして、彼の手に自分の胸を押しつけている。

ガイはアンジェリンのシュミーズを乱暴に脱がせた。そして、まるで飢《う》えた人間のように、丸い乳房に唇をつけた。

「ああっ……」

乳首にキスをされ、唇に含まれる。舌で舐められて、アンジェリンは身体を何度も震わせた。それと同時に、腰も彼のズボンに擦《こす》りつけるような動きをしていた。

無意識にしていたことだが、気づいてもやめられなかった。彼が欲しくてたまらない。まだ胸しか愛撫されていないのに、自分の衝動を止められなかった。

アンジェリンが彼のシャツを引っ張っていたため、シャツの裾がズボンから飛び出していた。不意に、彼の肌に触れたくなってきてしまって、抑えが利かなくなる。大胆にも、裾から手を差し込んで、引き締まった腹に触れてみる。

ガイはくすっと笑った。

「君がそんなことをするとは思わなかった」

慌てて手を引っ込めようとしたが、ガイに止められる。

「いや、いい……。撫でたいのなら止めないさ」

彼は半身を起こすと、シャツを脱ぎ捨てた。そうして、ズボンも下穿きも脱いでいく。

アンジェリンは呆然としながら、それを見守っていた。男性の裸を見るのは、もちろん初めてだった。昨夜、彼は脱がなかったからだ。

股間にあるものに目が吸い寄せられる。恥ずかしいのに、どうしても見てしまうのだ。硬く勃ち上がっている。あれが自分の中に入っていたとは、とても信じられない。

ガイはアンジェリンの眼差しに満足しているようだった。笑みさえ浮かべている。彼の身体は筋肉質で引き締まっていた。アンジェリンはその身体に抱かれていたのだと思うと、心臓がドキドキしてきて、喉がカラカラに渇いてきてしまった。

彼はさっきと同じように、アンジェリンを抱き締めた。肌と肌が触れ合っている。彼の肌は滑らかで、あまりにも心地よかった。アンジェリンはそっと手を伸ばして、彼の背中に触れた。傷跡があるところに触れると、彼の身体は一瞬ビクッと揺れたが、拒絶はされなかった。

アンジェリンは彼の背中を何度も撫でた。あまりにもぴったり身体を合わせているため、自分の秘部に彼の股間のものが当たっている。それが何故だか、とても欲しくなってきてしまって、腰を動かした。

擦れ合うだけでも気持ちがいい。彼が中に入ってきてくれたら、もっといいだろう。アンジェリンはもう夢中になって、腰を動かしていた。

はっと気がついたとき、アンジェリンはガイに見下ろされていた。彼は口元に笑みを浮かべていて、アンジェリンの様子を観察しているようだった。

「物足りないようだな？」

皮肉を言われていることは判っている。だが、実際にアンジェリンは物足りなかった。彼が自分の奥へと入ってくるときの感覚が忘れられない。最初は痛かったが、それからは違った。彼のものが身体の中で動く度に、快感が煽《あお》られていった。

あの感覚をまた味わいたい。彼を受け入れたかった。

「ガイ……。お願い……」

「お願い？　君の中に入ってきてくれと頼んでいるのか？」

彼の嘲るような口調に、アンジェリンは怯《ひる》んだ。彼だって、本当はそうしたいはずなのだ。そうでなければ、どうして裸になるのだろう。

アンジェリンはそれ以上のことを口にするのを躊躇《ためら》った。

「言えないのか？　君の頭の中身はまだお嬢様なんだろうな」

ガイはアンジェリンの手を引っ張って、身体を起こすと、代わりに自分がベッドに横たわった。彼の裸が視界に入り、アンジェリンは顔が火照ってしまう。

「なんて純情なんだろう。それも悪くはないが、今日はもっと大胆になってほしい」

「大胆って……どうすれば……？」

アンジェリンは途方に暮れた。彼が何をしたいのか、さっぱり理解できない。昨夜のようなことをするつもりではなかったのだろうか。

彼はアンジェリンの手を握った。

「さあ、おいで。僕の上に乗るんだ」

「あなたの上……？」

「そうだ。君に乗馬を教えただろう？　ほら、同じことだ」

ガイはアンジェリンのウエストを引き寄せて、裸の自分の腹の上に跨《また》がらせた。跨ぐためには、大きく脚を広げなくてはならない。アンジェリンはこんな格好を彼の目の前に晒していることが恥ずかしかった。

「そんなに恥ずかしがらなくていい。もう君のどんなところだって、見ているんだから」

ガイはアンジェリンの腰から太腿にかけて、ゆっくりと撫でていく。その手つきに、身体がゾクッとするのを感じた。

感じやすいと彼が言うのも、少し判るような気がしてきた。彼に触られると、それだけで身体の奥が熱くなってくるのだ。

それどころか、彼に淫らな視線を向けられるだけで……。

アンジェリンは身体が蕩《とろ》けそうになってきて、思わず腕を交差させて、自分の胸を隠した。彼はふっと笑った。

「隠すくらいなら、自分で触ってみればいい」

「じ、自分で？」

アンジェリンは仰天した。身体を洗うときは、当然、自分で触れるが、他のときにわざわざ触ろうと思ったことはない。

「そのままのポーズでいいから、触ってみるんだ」

どうして、こんなことを命令されなきゃいけないの？

アンジェリンは泣きたくなったが、琥珀色の瞳に熱っぽく見つめられて、彼の指示に従ってしまう。ふくらみ全体を掌で包んでみる。自分の胸なのに、彼に見られている今は、なんだかいつもと違う感じがした。

「ゆっくり手を動かして……」

掌で包んだまま動かすと、柔らかい乳房が形を変えていく。それを熱い視線で見られて、アンジェリンはすっかり淫らな気分になってきた。こんなことは初めてなのに、慣れている女性になったような気がする。

硬く尖った乳首が掌に触れる。なんだかたまらない気持ちになってきて、指でそこを撫でてみた。

「あ……ん……」

甘い疼きを感じて、アンジェリンは声を上げた。

ガイの目の前でこんなことをしているなんて……。

「少し腰を上げて」

彼の命令に従うと、両脚の間に手を差し込まれた。すっかり潤っている蜜壺《みつつぼ》に触れられて、指を差し込まれる。軽く中で動かされると、アンジェリンは身体を震わせた。

「いい具合だ。もう……大丈夫かな？」

何を訊かれているのは判らないが、アンジェリンは頷いた。彼は指を引き抜くと、アンジェリンの腰に手を添えて、身体の位置を変える。すると、彼の硬くなっているものが秘裂に当たった。

「あっ……」

ビクッと腰を揺らすと、ガイは笑みを浮かべた。

「さあ、乗馬の時間だ。腰を下ろすんだよ。僕のものを呑み込むんだ」

彼が何をさせたがっているのか、やっと判った。アンジェリンは大きく目を見開いて、首を振る。

「無理よ、そんなの……。できないわ」

「大丈夫。本物の乗馬よりずっと簡単だ。君が乗りこなすべき馬は協力的だから」

彼はきっとアンジェリンが従うまで、命令をやめないだろう。思うとおりにしたいのだ。それが判っていたから、とにかく彼の言うとおりにやってみようと思った。

恐る恐る腰を落としていく。すると、先端部分がするりと内部に入った。全身がカッと熱くなってくる。昨夜、感じたものをもう一度、感じることができるのだ。

アンジェリンは更に腰を落とし、彼のものを奥まで呑み込んだ。思わず、大きく息を吐いた。

「は、入ったわ……」

「ああ。見事なものだ」

ガイがアンジェリンの腰に手を添えたまま、自分の腰を上下に揺らした。まるで、馬の上にいるかのように揺られて、頬が赤くなってくる。こんなことをしていたら、次に本物の馬に乗ったときには、確実に思い出すに違いない。

とはいえ、今のアンジェリンはメイドだ。これから馬に乗る機会はもうありそうになか

った。

「さあ、今度は自分で腰を動かしてみるがいい」

「腰を……？　動かす？」

「昨日は僕が動いた。今夜は君が動く番だ」

ガイはとことんアンジェリンを恥ずかしい目に遭わせたいと考えているのかもしれない。彼に抱かれたときは、ただ受け身でいればよかった。どんなことも自分のせいではないと言い逃れをすることもできた。しかし、指示のとおりにしているにしても、自分が動くとなると、どんな言い逃れもできないということだ。

アンジェリンは躊躇《ためら》ったが、このままじっとしていることは耐えがたかった。中途半端な快感では、もう我慢できない。アンジェリンは本能に従って、腰を動かし始めた。

「あっ……はぁっ……あん……っ」

動くたびに豊かな胸が揺れている。恥ずかしいけれども、もうやめられない。アンジェリンは夢中になって、腰を振った。

それを、ガイはじっと見つめている。彼の瞳には焼けつくような強い光が宿っていた。恐ろしいことに、そんなふうに彼に見られることも快感だった。アンジェリンは彼の視線から晒《さら》されながら、彼の上で懸命《けんめい》に腰を動かした。

彼はアンジェリンの腰に添えた手に力を込めた。そして、今度は下から突き上げてくる。そうすると、奥のほうまで彼のものが当たって、アンジェリンは悲鳴のような声を上げた。

「痛い？」

「……いいえ。違う……」

「じゃあ、イイんだな？」

アンジェリンはなんとか頷いた。下から強い力で突き上げられて、アンジェリンは次第に我慢ができなくなってくる。

身体の奥からぐっと何かがせり上がってくる。思わずぎゅっと目を閉じる。その何かは全身を貫いていき、アンジェリンは背中をぐっと反らした。ガイは中から急いで引き抜くと、己のものをアンジェリンに押しつけて、動きを止めた。

想像もできないくらいに強い快感に身体が支配される。そして、次に甘い余韻《よいん》に切り替わった。

アンジェリンはガクッと力をなくして、自分の身体を支えることもできずにガイの身体にもたれかかった。

彼の力強い心臓の鼓動が伝わってくる。彼の肌はとても熱くなっていて、アンジェリンは思わずそのままのポーズで撫でてみて、その滑らかな触り心地を確かめた。

幸せだわ……。

もちろん、それは単なる錯覚だ。本当に幸せなわけはない。自分はガイに嫌われていて、恨まれている。彼のこの行為は、アンジェリンを辱め、罪を償わせているだけなのだ。

アンジェリンは彼の胸に顔を伏せて、このままここでずっとこうしていたいと思った。

でも、もうダメなのよ……。

彼に辛辣《しんらつ》な言葉を投げつけられる前に、身体を起こした。彼の目を見られない。欲望に操られたような気持ちになっていたときは平気でも、終わった今ではただ恥ずかしいだけだった。

彼の眼差しにはきっと軽蔑《けいべつ》が含まれているのだろう。それとも、冷酷な瞳で見つめているのだろうか。どちらにしても、見なければ、自分には判らないことだ。

腰を上げると、彼の身体から下りた。

「わたし……もう戻るわ」

「どこに戻るんだ？」

彼は何を訊いているのだろう。アンジェリンが戻る場所はひとつしかない。メイドのために用意された屋根裏部屋だ。

虚ろな目を向けると、彼は目を細めて、じっとこちらを見つめていた。

ガイはさっと起き上がると、アンジェリンの身体を抱き上げた。

「何をするのっ……?」

「身体を綺麗にしたいだろう?」

彼は廊下側の扉ではなく、もうひとつの扉のほうに向かう。そこは洗面室だが、浴槽《よくそう》も設《しつら》えてあった。金色の蛇口が二つついていて、お湯も出る仕組みになっている。驚いたことに、そこにはすでに綺麗な湯が入っている。

ガイはアンジェリンを抱いたまま、浴槽に入った。少し冷めているが、彼が自分を抱いた後、この湯をすぐに使えるようにしていたことを知り、なんだか嬉しかった。

別にアンジェリンのためではないかもしれないが、メイドはこんなふうに自由に湯を使うことはできないから、やはり嬉しい気持ちが湧いてくる。もっとも、一人であったなら、もっとよかったかもしれないが。

ガイは今のところ辛辣な言葉を控えている。しかし、いつそうなるのか、判らなかった。彼はいつでも自分を傷つけようとするからだ。

「洗ってやろう」

彼はそう言うと、石鹸を泡立てた手で、向かい合わせに座るアンジェリンの身体を撫で始めた。一旦、治まったはずの欲望が、彼に触れられると、すぐに息を吹き返してしまう。

「やめて……っ」

「君の肌は信じられないくらいに綺麗だ」

ガイは泡まみれの肩を撫でていく。アンジェリンの身体が震えていることを、彼はきっと気づいていて、わざとそうしているのだ。

彼は丸い乳房を両手で包んで、優しく撫でた。その先端は硬く尖っていて、アンジェリンが感じていることを証明していた。

ガイはふっと笑った。

「洗っているだけだよ」

嘘よ……。

彼の手の動きは愛撫しているようにしか思えない。親指が両方の乳首を軽く撫でている。アンジェリンは耐えられずに身体を揺らした。すると、湯が跳ねて、タイル張りの床に落ちていく。ガイは唇に笑みをたたえて、その様子を見つめていた。

彼は楽しんでいる。アンジェリンを感じさせて、快感に震えるところを見るのが楽しいのだ。

アンジェリンはそんな自分を彼に見せたくなかった。彼に少し触られたくらいで、こんなに反応してしまう自分が愚かしく思えてくる。

でも……止められないの。

ああ、わたしは一体どうしたっていうの?

どうしても欲望が抑えられない。彼に抱かれて、身体がおかしくなったようだった。もう感じたくないのに、何故だか感じてしまう。身体がすぐに蕩けてきて、彼を受け入れたがるのだ。

「もう……ダメ」

アンジェリンが呟いた唇に、ガイは口づけをした。貪るような口づけで、アンジェリンは眩暈がしてきた。まさに、自分は彼のものだ。彼の指先ひとつで、思いどおりにされてしまう。

唇を離すと、彼の瞳には欲望が渦巻いているのが見えた。

彼もまた身体の欲求に動かされているのだ。それが判ると同時に、アンジェリンは身体の内に疼きを感じた。彼にわざと感じさせられているのは嫌だ。しかし、彼もまた自分と同じような気持ちになっているなら、それで構わないような気がした。

「ガイ……」

「君の考えていることは判っている。……欲しいんだろう？　ここに？」

ガイはアンジェリンの下腹部に手をやり、感じやすい部分を指で撫でていく。途端に、アンジェリンの身体は弾かれたようにビクンと震えた。

「あっ……やっ……」

「それとも、欲しいのはこっちかな？」

別の指が内部に入り込む。彼は指を同時に動かして、アンジェリンの快感を煽った。湯が跳ねて、ぴちゃぴちゃと音がする。それと共に、自分の喘ぎ声が響き渡った。

「なんて淫らなんだろうな。昨夜、処女を失ったばかりなのに……。もう、君の身体は僕の指を締めつけて、こんなに欲しがっている」

「欲しがってなんか……っ」

「いや、君がなんと言おうと、君は僕に抱かれたいんだ。たとえ、どんなひどい目に遭わされてもね」

彼の残酷な指摘は間違っていない。それでも、アンジェリンは認めたくなかった。いや、彼の身体が欲しいと思われるのはいいのだ。だが、その理由を知られたくなかった。

ガイが好きだから、抱いてほしくなる。

その事実を、彼にだけは知られてはならなかった。

「僕だって……君が欲しい。君がどんな女であっても……身体は別だ」

ガイは残酷なことを口にする。

指を引き抜くと、彼はアンジェリンの手を取り、硬くなった己のものに触れさせた。

アンジェリンは指を滑らせて、その形を確かめた。恥ずかしくてたまらないが、それでも興味はある。

これは彼の大事なもの……。

彼はわたしに触られて、どんな感じがするのかしら。

ちらっと見上げると、ガイはなんの表情も浮かべていなかった。しかし、口元はピクピクと動いている。彼も平静ではいられないのだ。

大胆に触れてみると、彼がさっとアンジェリンの手をはねのけた。

「どうして……?」

「手では我慢できないからだ」

アンジェリンの腰をすくい上げるようにして、彼は自分の身体をその下に滑り込ませると、勃《た》ち上がっているものを大事な部分に押し当ててきた。

「あっ……ああっ……」

彼がまた内部へと侵入してくる。アンジェリンは彼の肩に摑まりながら、背筋を這い上るような快感に思わずギュッと目を閉じた。

こんな場所で彼が入ってくるとは思わなかった。こういう行為は必ずベッドでするものだと、思い込んでいたからだ。

「驚いたかい？　君と繋がろうと思えば、僕はどこでだってできるんだよ。たとえば、君を立たせたままでもできる。書斎の机に摑まらせて、後ろからドレスの裾をめくってね……こんなふうに」

彼はぐいと突き上げてきた。

「ああっ……！」

悲鳴のような声を上げたが、決して痛いわけではなかった。その反対で、強い快感に貫かれて、息もできなくなりそうだった。

「ああ、わたし……」

アンジェリンはたまらずガイの首に両腕を絡めてしがみついた。二つのふくらみが彼の胸板に押しつけられ、自分が急にか弱い人間になったような頼りない気分になった。そして、まるで彼が守ってくれるような気がして……。

いいえ、そんなことはないわ。

彼は傷つけてくるだけ。彼と一緒にいると、心を弱らせられるだけ。

それでも、今は夢見ていたい。彼と身体を繋いでいる今だけは、彼を温かい存在だと思っていたかった。

ガイはアンジェリンの背中を撫でていく。気が遠くなりそうなほど心地いい。だが、ガイが自分の中を行き来し始めると、もうそれどころではなくなってくる。

身体の内部が嵐のように激しく何かを求めている。熱く疼く身体をどうにかしてほしい。アンジェリンは彼をきつく抱き締めた。

次第に疼きは大きくふくらんでいき、やがてアンジェリンの身体を切り裂いた。

「あぁぁぁっ……！」

ガイの手がアンジェリンの背中をぐっと引き寄せたかと思うと、彼は素早く己のものを引き抜いた。そして、強く抱き締めてくる。

二度目の絶頂に、身体も心も追いついていかない。気だるい余韻の中、アンジェリンはただ彼にもたれかかり、途方に暮れていた。

第三章　独占欲にかられて

またたく間に一ヵ月が過ぎた。

元はステイベリーの地所、今はアシュリー伯爵《はくしやく》の領地となった草原の小道を、アンジェリンは歩いていた。

日差しがきつい。もう初夏だ。アンジェリンはモントラン村に買い物に出かけて、帰る途中だ。必要なものは籠《かご》の中に入っている。小麦粉と玉子。どちらも重いが、村でひそひそと交わされる噂話《うわさ》よりは、つらくない。

村にはアンジェリンのことをよく知っている人がたくさんいた。馬番だったガイが伯爵になり、そのメイドがかつての令嬢《れいじよう》だということも、すでに噂になっている。

だが、もうひとつの噂のほうがもっとつらかった。

アンジェリンがアシュリー伯爵の愛人だという噂だ。

実際、アンジェリンはもう何度、ガイに抱かれたか判らないくらいだ。毎日というわけではない。ガイがよその領地に出かけることもあったからだ。しかし、夜ごとの情事を他の使用人に知られずに済ますことはできない。

アンジェリンはガイの愛人のメイドということになった。昼間はきちんとメイドとして働いているが、他のメイドからは距離を置かれていた。元々はこの屋敷に住む令嬢だったことはもう知られている。その面でもアンジェリンは決して使用人の仲間には入れてもらえないのだ。

しかし、こんなことにはもう慣れている。メレディス邸でもそうだったからだ。とはいえ、今回のほうがひどい。

愛人だなんて……！

それも、大っぴらに振る舞うことは許されないのに、みんなが知っている。つまり、公然の秘密だ。

待遇《たいぐう》はメレディス邸にいるときより、ずっといい。もちろん、給金ももらえる。ロンドンから身体に合った新しいメイドの制服が送られてきた。それだけでなく、下着や靴下も新しいものをもらった。これはきっと、愛人として必要なものだからだろう。

アンジェリンはこんな生活をしたいわけではなかった。愛人になんてなりたいわけがない。けれども、彼が自分の身体を求めていると思うと、抗《あらが》えなかった。

彼のキスや愛撫《あいぶ》。裸で抱き合うひとときを忘れられないからだ。そのときだけは、ガイと自分は対等である気がした。それに、彼のベッドにいるときは、優しくしてもらえる。

子供扱いされていた昔とは違う。彼が一人前の女性として見てくれている。メイドでもなく、復讐《ふくしゅう》の相手でもなく、そのときだけは恋人のように接してくれる。

恐らく自分は愚《おろ》かなのだろう。アンジェリンが何もかも差し出したところで、彼はそれを当然だと思っているはずだ。結局、自分は彼の復讐の相手なのだから。もちろん結婚するはずもなく、愛してくれるわけでもない。好きだという感情さえもない。

これは……ただの欲望なの。彼はわたしの身体を弄《もてあそ》びたいだけなのよ。

きっと飽きたら捨てられる。ひどい捨てられ方をするだろう。何しろ、自分は彼の母親の死の原因をつくったも同然なのだ。憎んでも憎み足りないに違いない。だから、身体を弄びながら、愛人としての屈辱《くつじょく》を味わわせるのだ。

何度も抱かれながら、アンジェリンはやがて来る別れのときが怖かった。本当は違う働き口を探すほうが賢いに決まっている。ロンドンに行けば、何かしら仕事はあるはずだとも思うのだが、そんな決心はまだできなかった。

彼が好き。正直な気持ちを言葉にするなら、愛してる。自分でも怖いくらいに、愛しているのだ。

アンジェリンはつらかった。絶対に愛してはくれない人を愛してしまったから。逃れたくても、逃れられない。蜘蛛《くも》の巣にかかった蝶《ちょう》のように、ただガイの餌食《えじき》になるのを待つしかないのだ。

アンジェリンは重い籠を持ち替えた。ミセス・ケンプはアンジェリンに用事を言いつけたりしなかったが、料理人はアンジェリンのことが嫌いなのか、よく買い物に行かされた。村に行けば、自分の噂を耳にして、傷つくことを知っているのだろう。

『アン、足りないものがあるのよ。村まで行って、買ってきてくれない？』

そう言われれば、雑用をするメイドとして雇《やと》われているアンジェリンは、買い物に行かないわけにはいかない。食料品も雑貨も、本当はちゃんとした調達係がいる。荷馬車に荷物を載せて、帰ってくるのだ。だから、料理人がアンジェリンを買い物に行かせるのは、わざとのことだろう。

馬の足音が聞こえてきて、アンジェリンは振り向いた。

ガイだわ……！

乗馬用の上着の裾を翻《ひるがえ》して、彼が近づいてきた。アンジェリンは籠を持ったまま、彼が通り過ぎることができるように小道の端に寄る。だが、彼はそこで馬を止めた。

日中、ガイの顔をじっくり見つめることはない。アンジェリンが彼を独占することを許されるのは、夜だけだった。

彼の黒髪が乱れている。それを手で直したい気持ちを、アンジェリンは抑えつけた。今の自分はただのメイドだ。愛人ではない。

琥珀《こはく》色の瞳がアンジェリンをじろじろと見つめる。

「村に行ったのか？」

「……はい」

ガイがそのまま行ってしまえばいいと思ったのに、彼は何故だか馬を下りた。そして、手綱《たづな》を持って、アンジェリンと歩き始める。

「あの……。乗馬中なんでしょう？」

「そうだ」

彼の横顔はギリシャの彫刻のようだ。とても彫りが深くて、目鼻立ちが整っている。彼の横を歩けるのは嬉しかったが、こうして一緒に歩いていい相手でないことも判っている。

彼は伯爵。わたしはメイド。そして、愛人。

かつての身分差が逆転していて、確かにこれ以上、楽しい話はないだろう。みんなが夢中で噂をし、アンジェリンを蔑《さげす》むような目で見ている。少なくとも、愛人の噂に関しては、自分が彼を受け入れているのだから、自業自得《じごうじとく》だ。

彼に誘惑されたとはいえ、断る機会がなかったとは言えない。むしろ、進んで受け入れてしまったのだ。

「午後に客が来る。焼き菓子を作るように指示していたから、その材料だろうな」

籠を持つ手が震える。材料を買いに行かされたからではなく、客が来ることに気持ちが乱れる。

この近隣の上流階級に属している人々は、アンジェリンのことをよく知っている。社交シーズンが始まっているため、ロンドンに出かけている者も多いが、そうでなければ、こうして田舎に住む者同士、訪問し合ったりするのだ。

「どなたがいらっしゃるの？」

アンジェリンは彼から視線を逸《そ》らして、呟くように尋ねた。

「シートン夫人とその娘だ」

シートン夫妻はロンドンには行かず、かなり頻繁《ひんぱん》に訪問してくる。娘を伯爵夫人にしたいのだろう。娘のほうもずいぶん乗り気だ。

愛人がいると噂になっているのに、そのことは平気なのね……。

アンジェリンはいつかガイが結婚するときが来るのが怖かった。捨てられて、出ていけと言われるよりずっと怖い。彼の結婚相手を、間近で見ることに耐えられない。

鳥の声がして、アンジェリンは森のほうを見た。晴れた空を一羽の鳥が横切っていく。それをぼんやり見つめて、溜息をついた。

わたしもどこかに飛んでいってしまいたい……。

どこでもいいの。苦しみのない場所へ行きたい。でも、ガイがそこにいなければ、結局、苦しむことになるのね。

「何か言うことはないのか？」

苛立たしげに問いかけられて、アンジェリンは我に返った。ガイは何かに怒っているようだった。

アンジェリンはまばたきをした。現実に戻りたくないのに、無理やり引き戻されたような気がする。いっそ空想の世界にずっといられたらいいのに。

「……いいえ、何も」

「君は最近いつもそうだな」

「何がそうなの？」

ガイはどうやらアンジェリンの態度に怒りを感じているようだった。アンジェリンは彼のほうを見た。すると、彼は燃えるような目をこちらに向けていた。

「何を考えているのか、さっぱり判らない。元気もない。ただ、ぼんやりしているだけだ。

ミセス・ケンプも君の様子を心配していた」

アンジェリンは小さく笑った。

ミセス・ケンプが心配するのも当たり前だ。小さかったお嬢様がメイドとして働かされ、主人の愛人になっている。彼女はアンジェリンの母親同然だったのだ。どんな母親が、娘の不幸を見過ごすことができるだろう。

「早く帰らないと、シートン夫人とお嬢さんに出すお菓子ができないわ」

ガイは客にお茶やお菓子を出す役を、アンジェリンにさせたがった。アンジェリンはシートン夫人やその娘と面識がある。彼を訪問する客のほとんどがそうだった。

アンジェリンは見て見ぬふりをされるか、好奇の目で見られるか、もしくは蔑みの眼差しを向けられる。愛人という噂がなければ、向けられるのは嘲《あざけ》りの眼差しだったかもしれない。

ガイがアンジェリンを晒し者にする目的で、そういう役をさせていることは判っている。それもまた復讐の一部なのだ。彼はアンジェリンを惨《みじ》めな気持ちにさせることにかけては、チャンスを逃さないのだ。

ひょっとしたら、こんなふうに村に買い物に行かされるのも、彼の指示によるものかもしれない。そうであったとしても、アンジェリンは不思議には思わなかった。

ガイの数々の仕打ちに対して、もうあまり心が反応しなくなっていた。つらいという感情も、行き過ぎると、次第に何も感じなくなってくる。もう慣れてきてしまったのかもしれない。

いちいち傷ついていたら、身が持たない。ガイの夜ごとの求めに応じている時点で、自分は心のどこかを封印《ふういん》したのだ。自分の身に起きていることを、まともに考えたら、きっと耐えられないだろう。

それなのに、わたしはまだガイの許《もと》にいたいのかしら。

こんな状況なのに、少しでも彼と一緒にいたいと思うほど、彼を愛しているのかしら。

答えはイエスだ。彼が優しくしてくれれば、他には何もいらない。そこまで思いつめてしまっている。

不意に、アンジェリンは腕を摑まれ、ガイに目を向けた。

「君は身体の具合が悪いんじゃないか？」

アンジェリンは目をしばたたいた。ガイがまるで心配しているような表情をしていることに、驚いてしまった。

彼が本気で心配しているはずがない。もし本当に病気にでもなれば、自業自得だと思うことだろう。

「いいえ。どこも悪くないわ」

「それならいいが。もし何かあったら……ミセス・ケンプに相談するといい」

アンジェリンは頷いた。しかし、本当に相談する気はない。今も自分が崖《がけ》っぷちに立っているのも同然なのを自覚しているが、そんなことを誰にも打ち明けるつもりはないのだ。

「乗馬の途中でしょう？　わたし達、一緒に帰るわけにはいかないわ。変な噂が立ってしまう」

ガイは苦笑した。

「噂にはもうなっているだろう？」

彼の耳にも入っていたのだ。予想はついていたが、アンジェリンの心は傷つけられた。

「だからって、これ以上、噂を広げることはないと思うの。別のところで働くときに、こんな噂が立っていたことが知られたら……」

アンジェリンの腕を掴んでいた彼の手に、力が込められた。

「痛い……！」

「君はここを出ていくつもりなのかっ？」

ガイは恐ろしい形相《ぎょうそう》になっていた。ギラギラと目が光っている。彼は腹を立てているのだ。復讐がまだ済んでいないのに、自分が出ていこうとしているからだ。

「いずれは、そうしなきゃならないでしょう？」

だって、あなたはわたしを捨てるつもりなんだもの。

そうでなくても、ガイが結婚すると決めたら、彼のメイドや愛人ではいられない。

「冗談じゃない！　君がここを出ていくなんて、絶対に認めない！」

彼は断固とした口調で言った。

自分が捨てるまでは、出ていかせないということだろうか。アンジェリンはふと泣きたくなったが、息を吸ってごまかした。

彼に泣き顔なんて、もう見せたくない。傷ついていることを知られたら、そこが弱いところだと判ってしまう。彼にこれ以上、復讐の道具を与えたくなかった。

彼の母親の死への償《つぐな》いは充分ではないかもしれない。今も、あのときのことは悔《く》やんでいる。しかし、もうこんなにボロボロになっているのだから、どうかこれ以上の罰は許してほしかった。

ガイはアンジェリンを引き寄せると、無理やり唇を重ねてきた。

草原を風が通り抜ける。誰かが見ていないとも限らない。こんな見晴らしのいい場所で、こんなことをするなんて信じられなかった。

愛人という噂は流れていても、そんな現場は誰にも見られていなかったというのに。

アンジェリンは彼から逃れたかった。けれども、ここで彼を突き放したら、きっともっと激怒するに違いない。

アンジェリンは彼の怒りを買うことが恐ろしかった。彼は自分をいつでも傷つけられる。身体ではなく、心を痛めつけることができるのだ。

悲しみが胸を突き刺す。こんなにつらいのに、それでもまだ彼の言いなりになっている自分が愚かに思えた。

彼は唇を貪《むさぼ》り尽くして、ようやく解放してくれた。しかし、彼がまだ怒っているのは、その鋭い眼差しを見れば判る。

「君はもう僕のものなんだ。僕は絶対に君を手放したりしない。判ったか?」

アンジェリンは言い返そうとしたが、今は言い争っても仕方がない。いずれは、彼のほうから出ていけと言うに違いない。

そう。今はまだ手放したくないだけなのだ。いい玩具《おもちゃ》だからだ。

アンジェリンが頷くと、彼はやっと腕から手を離してくれた。痛かったが、その部分をさするような真似はしなかった。彼には一切、弱みを見せてはならない。

しかし、ガイはちらりとアンジェリンの腕に目を向けた。

「……悪かった。乱暴な真似をして」

彼が謝った！

アンジェリンは彼がそんなことを口にするとは思わなくて、唖然とした。彼は他にも何か言いたそうにしていたが、何も言わないまま馬にひらりと飛び乗った。

「さあ、君は屋敷にさっさと帰るんだ」

ガイは屋敷とは反対の方向へ馬を向け、駆け出していった。

アンジェリンはその姿を見送り、髪に手をやった。乱れているわけではないが、こんな場所でキスされたことが恥ずかしかった。

誰にも気づかれなければいいけど。

アンジェリンは溜め息をつき、屋敷へと歩いていった。

夜が来て、ガイはいつものようにアンジェリンを抱いた後、屋根裏部屋に帰し、それから書斎へと向かった。

キャビネットを開けて、グラスとデカンターを取り出し、ブランデーを注ぐ。そして、ソファに腰を下ろすと、アンジェリンのことを考えた。

自分は泥沼にはまってしまった。今はそう感じている。彼女を抱くのは、復讐のためだったはずなのに、今では彼女を手放せなくなってしまっている。

あまつさえ、メイドを愛人にしているという噂はあちこちに流れてしまっていた。もう、止める手立てが見つからない。

こんなはずではなかった。ここまで彼女を追い込むつもりはなかったのだ。

柄にもなく罪悪感が忍び寄る。彼女を傷つけるための残酷な計画を立てたのは、自分自身だ。彼女が元気をなくしているからといって、今更、良心の呵責《かしゃく》を覚えている自分がおかしかった。

アンジェリン……。

今さっき、自分の腕の中で身体をくねらせていた彼女のことを思い出す。金色の長い髪がシーツに広がるのを見て、彼女と共に朝まで眠りにつきたいとさえ思ってしまった。

ガイはグラスを傾け、ブランデーを呷《あお》った。

最初は彼女を一度だけ抱いて、捨てればいいと思っていた。甘やかされたお嬢様だった彼女をメイドとして働かせ、屈辱《くつじょく》を味わわせることが主な目的だったのだ。ベッドに引きずり込み、純潔を奪い、どこかよその屋敷にやってしまえばいいと思っていた。それで、昔の恨みは捨てて、前に進むのだと。

ところが、一度抱いたら、好きなだけ抱かずにはいられなかった。もう、捨てればいいという問題でもなくなっている。これほど抱いてしまえば、いつ身ごもってもおかしくない。達するときに引き抜いてはいるが、安全とは言えない。それに、彼女は娼婦《しょうふ》と違って、身を守るすべも知らないのだ。

執事や家政婦、それから彼女が子供の頃からよく知っている何人かの使用人からは、白い目で見られている。それも当然だ。自分がしていることは、非道なことだ。いくらなんでも、彼女に対してあまりにも冷酷な仕打ちだ。

ああ、でも……。

彼女を抱かずにいられない。

ガイはアンジェリンに溺れていた。

自分の想い出の中の彼女は、いつも少女の姿だった。ロンドンで再会したとき、すでに彼女はあのときの少女ではなかった。彼女を美しいと思い、欲望を感じた。それと同時に、そんなふうに思った自分を恥じた。

甘やかされた彼女のせいで母は死んだのに、おまえは彼女を手に入れたいと考えているのかと。

ガイは復讐と同時に、欲望を満足させる方法を思いついた。だが、それは自分へのごまかしだったと、今なら判る。

問題は、彼女に感じているのが欲望だけではないことに、気がついたことだ。自分は何度も彼女を抱いているうちに、彼女を抱いて眠りたいなどと思うようになってしまった。なんらかの愛情めいたものを感じていると気づいたとき、愕然《がくぜん》とした。こんなことは許されない。彼女は復讐の相手なのだ。

母の痩せた手を、今も思い出す。ベッドから突き出された細い腕は、自分に向かって伸ばされた。

『ガイ……これでいいのよ』

病に倒れた母を救うことができなかった。いや、どんな優秀な医者でも救うことはできなかっただろう。だが、もし自分が伯父の言いなりにならずに、母と別に住むことを承諾《しょうだく》しなかったなら、あれほど重い病にならずに済んだかもしれない。

母はいつも自分のことより息子のことを優先していた。伯爵の跡継ぎになることを喜んでくれ、領地の隅《すみ》にあるコテージに一人で暮らすことを決めた。たまに訪ねていっても、淋《さび》しいとは一言も口にしなかった。具合が悪いことも隠していた。気がついたときには、すでに手遅れで……。

アンジェリンに愛情を感じることは、母に対する裏切りのような気がした。しかし、同時に、アンジェリンを愛人にしたことを、もし母が知ったとしたら、恐らく自分を叱責《しっせき》するだろうと思う。

『男らしく責任を取りなさい、ガイ』

母ならそう言うだろう。自分がしていることは、まさしく男らしくない。それは認める。

母はアンジェリンを気に入っていた。彼女はガイの住まいを何度か訪ねてきて、母と過ごしたことがあるのだ。だから、アンジェリンのせいで家を追い出される羽目になったときも、母は彼女の悪口は言わなかった。

僕のしたことは間違っていたのだろうか……。

たとえ間違っていたとしても、彼女に対する執着は消えない。何度抱いても、まだ足りない。そして、彼女を失いたくなかった。よその屋敷で働くなどということは、到底、許せることではなかった。

しかし、アンジェリンをいつまでも愛人のままにしておくわけにいかない。彼女は噂に傷つき、元気を失くしている。彼女まで病に倒れるかもしれない。どんなにつらくても、彼女を手放さなくてはならないのだ。

だが、どこにやればいいのだろう。もちろん先のことを考えずに放り出すほど、悪者にはなれない。次の働き口なり、どこか行く先を考えなくてはいけない。

彼女を失うことを考えると、身を切られそうな気持ちになってくる。

せめて、彼女と距離を置かなくてはならない。夜ごと、彼女をベッドに誘うことはやめるべきだ。

ガイは気を紛らわせる何かが必要だと思った。友人を何人か招くことにしようか。そうすれば、アンジェリンのことばかり考えずに済む。ロンドンに行こうかと思ったが、社交を楽しむ気分にもなれない。そもそも、ガイはそういうものとは無縁な世界で育ったので、見知らぬ上流階級の気取った人間が苦手だった。

友人なら、それほど気を遣わずに済む。それに、彼らが屋敷に泊まれば、アンジェリンを寝室に連れ込む暇もなくなるだろう。

そして、抱くのをやめれば、きっと彼女も元気になってくる。

ガイはそうなることを願った。


アンジェリンは昨日から大忙しだった。

何故かというと、急にガイの友人達がこの屋敷にやってくることになったからだ。ハウスパーティーといった大掛かりなものではなく、友人同士の気さくな集まりだという。とはいえ、ゲストルームの掃除をしなくてはならないし、ベッドも整えなくてはならない。食材も充分に調達しておかなくてはならなかった。

今朝も早くから掃除をした。午後になり、客がばらばらに到着し始める。彼らを部屋に案内し、飲み物や軽食を出したり、言いつけられた雑用をこなした。目が回るような忙しさの中、アンジェリンはガイが玄関の前で客人を迎えているところを見た。

馬車から降りてきたその人は、目も覚めるような美しい女性だった。年齢はガイより少し年上かもしれない。ロンドンでもきっと洗練されている貴婦人として名が知れているのだろう。ガイは艶《あで》やかな笑顔を見せる彼女の手を取り、手袋越しにキスをした。

それを見た瞬間、アンジェリンは胸になんだか判らない痛みを感じた。それと同時に、不安も覚える。

ガイと彼女の間には、何かがあったのかもしれない。ひょっとしたら、彼はガイの恋人だったということも考えられる。

アンジェリンはガイにしか抱かれたことはない。しかし、ガイのほうはどう考えても初めてではなかったはずだ。彼ほどの容姿を持つ男が、今まで女性と何もなかったとは思えない。

馬番であったときでさえ、ガイはメアリーに言い寄られていた。アンジェリンは厩舎《きゅうしゃ》の裏でキスしていた二人の姿を思い出した。あの頃は子供だったから判らなかったが、相手はメアリーだけではなかったかもしれない。

嫉妬《しっと》なんて馬鹿げている。アンジェリンは麗《うるわ》しい女性とガイの仲を想像するのをやめようとした。自分は嫉妬する権利も持っていない。ガイが何をしようと、誰と仲良くしようと、自分にはなんの関係もないのだ。

そう思ってみても、心は波立ったままだ。毎夜のごとく抱かれているのに、彼はいつでも自分を捨てられる。今夜、あの貴婦人を代わりにベッドに誘ったとしても、不思議はない。

アンジェリンは親密そうに笑いながら話す彼らから、視線を逸《そ》らした。涙が出そうだが、それを我慢して顔を上げる。

泣くようなつらい目に、もう何度遭《あ》ったことだろう。その度に本当に泣いていたら、涙がなくなってしまう。

アンジェリンにはまだ雑用がたくさんある。それをやっていれば、気が紛《まぎ》れるはずだ。

ガイの笑い声が聞こえる。それから、女性の声も。そのとき、執事のグラントがアンジェリンを気の毒そうな眼差しで見ているのに気がついた。

アンジェリンはぞっとした。ここの使用人は自分がガイの愛人であることを知っている。

だから、今の状況で自分がどれほど傷ついているのか、判っているのだ。

ガイはなんて残酷《ざんこく》なのだろう。これも復讐なのだろうか。

胸に悲しみを秘めたまま、アンジェリンは必死で働いた。その間に、他のメイド達がアンジェリンに聞こえるように噂話をしていた。あの艶やかな女性ミランダ・クーパーは未亡人で、ガイの友人の姉なのだと。ここに招かれた女性は彼女一人ではなかったが、他の女性は夫と共に来ていた。

ミランダは貞淑《ていしゅく》な未亡人というわけではなく、数々の男性との噂があり、ガイもその一人なのだという。メイド達の噂が本当かどうか判らなかったが、二人の様子を見ていると、あながち嘘ではないかもしれないと思う。

ああ、ガイはなんのために彼女を呼んだの？　わたしをもう捨てるため？

アンジェリンの心はすっかり乱されていた。


その夜、夕食の席で、ガイは屋敷の主人として、にこやかに客をもてなしていた。

ここに招待されたのはガイの友人達だが、彼らは一人で来たわけではなく、妻や友人を連れてきていた。客の誰もがガイとはあまり歳《とし》が離れておらず、厳めしい紳士や婦人もいないので、気の置けない集まりのようだった。

彼らはこれから一週間、この屋敷に滞在するのだ。その間、常時いる使用人だけでは足りないので、村から使用人が臨時に雇《やと》われた。村で交わされる噂が客の耳に入らないとも限らないのだが、ガイはそれでも平気なのだろうか。

もちろんアンジェリンは平気ではなかった。だが、どうすることもできない。ステイベリー家のものだった屋敷を、見知らぬ客人が我がもの顔で闊歩《かっぽ》していても、それを時の流れとして我慢しなくてはならないのと同じことだ。

夕食が終わると、男女に分かれて、それぞれ酒やお茶を飲み、歓談する。それから先は、客次第だ。部屋に引き上げる者もいれば、トランプに興じる者、酒を飲む者もいる。アンジェリンは小間使いのように部屋に呼ばれて、細々とした用事を引き受けた。

ふと、テラスのほうを見ると、ガイがミランダと一緒に庭に出ようとしているのが視界に入ってきた。

二人でどこへ行こうとしているの……？

アンジェリンの心は引き裂かれそうだった。ガイには自由に女性を選ぶ権利がある。自分との間にはなんの約束もないからだ。

でも……でも……。

アンジェリンはふらふらと庭に出た。二人を捜してなんになるだろう。ガイがあの美しい未亡人と二人だけで親密なことをしているなら、それを知ってもつらいだけだ。いっそ知らないほうがいいに決まっている。

だが、アンジェリンの足は止まらなかった。

「ああ……ガイ……」

女性の甘ったるい声が聞こえてきた。あの茂みの向こうに彼らがいる。アンジェリンはそっと近づいて、覗いた。

ガイが彼女を腕に抱いている。昨日や今日、会ったばかりでこんな真似をするはずがない。つまり、ガイが以前、彼女と関係があったのは確かなのだろう。

アンジェリンは目を見開き、二人の抱き合う姿を胸に刻みつけた。

ガイと離れたくないばかりに、今までこの屋敷で働き続けていた。いろんな噂をされ、屈辱《くつじょく》に耐えながらもここにいたのは、ガイにまだ抱かれたかったからだ。

寝室では、ガイは優しくしてくれた。髪を撫で、甘いキスもしてくれた。だから、復讐されているのだと判っていても、出ていくことはできなかったのだ。

ガイはミランダの顎《あご》に手をかけて、唇を重ねた。彼女はうっとりと目を閉じる。

ああ……彼は誰にでもあんなことをするんだわ。

あまりの悲しみに、涙も出なかった。胸がズキズキと痛む。立っているのがやっとだったが、もうここにいるわけにいかない。

アンジェリンはよろめく足で屋敷に戻った。

テラスから室内に入ろうとしたが、前をよく見ていなかったせいで、男性の客とぶつかってしまった。彼はふらついたアンジェリンを支えてくれた。

「申し訳ありません、お客様」

慌てて頭を下げた。メイドなんかにぶつかられて怒っていないだろうかと、彼を見上げる。しかし、彼は怒るどころか、心配そうにこちらを見ていた。茶色の髪で水色の瞳を持つ優しそうな男性だった。

「大丈夫？　顔色が悪いよ。具合が悪いんじゃないのかい？」

上流階級の紳士に、こんなに優しい言葉をかけてもらえるとは思わなかったので、アンジェリンはほろりときた。が、もちろんここで泣いてしまっては、彼を困らせるだけだ。

その代わりに、ぎこちなく微笑んだ。

「いいえ、大丈夫です。でも、心配してくださって、ありがとうございます」

彼は微笑みを返して頷《うなず》き、テラスのほうへと向かった。外の空気が吸いたいのかもしれない。

あんな優しい人に恋すればよかったんだわ。復讐を企《たくら》んでいる人ではなく。

そう思ったものの、ガイを好きになったのは子供の頃のことだ。そして、今はどうにもならないほどの強い感情を抱いてしまっている。

どちらにしても、メイドになってしまった自分は、上流階級の男性と結婚することはないだろう。それこそ、愛人くらいにしかなれない。もしくは、束《つか》の間のベッドの相手だ。

そう……。ガイにとって、わたしはそれ以上の存在ではないんだわ。

広間を見回し、テーブルに放置されている空のグラスを片付けていると、グラントが近づいてきて、アンジェリンに耳打ちした。

「お嬢様、ここはもういいから、お部屋に戻ってください」

彼はまだアンジェリンをひそかにお嬢様と呼んでいた。今でも彼の目には、小さなお嬢様として映っているのだ。

アンジェリンはなんとか微笑を浮かべて、頷いた。

「ごめんなさい。少し具合が悪くて」

「ゆっくりお休みなさいませ」

グラントは微笑を返してくれる。アンジェリンは恐ろしい現実から逃れるように、屋根裏部屋へと向かった。

翌日、目が覚めたときも、アンジェリンはつらくてたまらなかった。

昨夜はガイがこの部屋にやってくることはなかった。もちろん、客がいるのだから、自分を寝室に連れていくことはないと判っていた。しかし、理由はそれだけではない。自分の代わりがいたからだ。

しかも、あんなに美しい貴婦人が……。

涙が込み上げてきたが、必死で抑える。彼がメアリーとキスしていたのを見たとき以上に、今回のことは衝撃が大きかった。自分はもう何も知らない少女ではないし、ガイも世慣れた一人前の男だ。彼らがキスだけして、それぞれの部屋に戻ったとは思えない。

アンジェリンを苦痛が襲う。何もかも嫌だった。いくらガイを愛しても、愛されることはない。それでも、彼から離れられないのは、いつか愛される可能性があるかもしれないと思っていたからだ。

いい加減、現実的になりなさいよ、アンジェリン。

どうして自分は少女のような愚かな夢を抱いてしまうのだろう。いつになったら、大人になり、そんな可能性はまったくないことに気づくのだ。

しかし、そう思ってみても、まだこの屋敷から出ていく決心はつかなかった。ガイには出ていくなんて許さないと言われたが、最終的にアンジェリンのことを止めることはできない。それに、今の状況を考えると、もう止めようとはしないのではないだろうか。

いつまでも復讐に囚《とら》われて、メイドを愛人にしておくなんて馬鹿馬鹿しいだろう。彼だって、噂の的なのだ。伯爵ともあろう人がそんな噂を立てられることに対して、屈辱《くつじょく》的だと感じないわけはない。

いつかは壊れる関係だった。この一週間をやり過ごせば、彼はきっとアンジェリンを捨てるはずだ。どうせ抱くなら、メイドより貴婦人のほうがいいに違いない。

アンジェリンは溜息をついて、仕事を始めた。

客がたくさんいれば、仕事はいくらでもある。臨時の雇い人がいても、それは同じことだった。

担当を割り当てられたゲストルームの掃除をし終わって、階下に下りていくと、屋敷の外から幾人《いくにん》かの笑い声が聞こえてくる。ゲームをしたり、乗馬をしているのだろう。また、居間では女性達が集まって、お菓子をつまみながら、楽しそうにおしゃべりをしていた。

この屋敷は父のものだったのに……。

今更ながら、自分がこの屋敷とはなんの関わりもないことを思い知らされてしまった。

昔はこうでなはなかったと考えても、もうどうにもならないことなのだ。

「アン、村に買い物に行ってきてよ」

料理人に声をかけられて、頷いた。村も嫌いだが、ここにいるよりずっといい。いや、いっそここから離れていたかった。

屋敷の外に出ると、厩舎の前で馬に乗ろうとしている数人の男女を見た。ガイがいる。彼の乗馬姿は本当に堂々としている。ガイに見蕩《みと》れていると、美しい乗馬服を身につけたミランダが馬に乗り、ガイの横に近づいてきた。二人は仲良く話をしているようだった。

よりによって、厩舎の前だなんて……。

アンジェリンは自分の思い出まで汚されたような気がした。もちろん、それはこちらの勝手な考えだ。ガイにしてみれば、厩舎には嫌な思い出しかないだろう。アンジェリンの思い出など、踏み躙《にじ》ってしまいたいかもしれない。

アンジェリンはそこから目を背けて、足早に村へと向かった。

きっと、これから新しい噂が巡るに違いない。ガイはアンジェリンを捨てて、屋敷を訪れた美しい未亡人と仲良くしていると。

これもガイの復讐なのかしら。こうやって、彼はまだわたしを罰しているの?

それなら、まだいい。怖いのは、本当にガイの心がミランダに捧げられてしまうことだった。

買い物をしていると、村人みんなからじろじろ見られているような気がする。いつものことだが、ひょっとしたら、ガイに捨てられたという噂がもう流れているのかもしれないと考えてしまう。つらい気持ちに耐えながら歩いていると、後ろから声をかけられた。

「君！　君……えーと、名前はなんていうんだったかな。アンジェリン？」

振り向くと、そこには昨夜、優しくしてくれた紳士がいた。

「わたしの名前をご存じなんですか？」

屋敷ではアンという名で呼ばれているため、表立ってアンジェリンと呼ぶ人は誰もいない。驚いていると、彼は微笑みかけてくれた。

「実は……おしゃべりなメイドがいろいろ教えてくれてね。村でも噂されているようだし、君も大変だな」

名前も知らない男に同情されて、アンジェリンは複雑な気持ちになった。それに、彼が聞いたのは、令嬢だったことなのか、それとも愛人のことなのだろうか。どちらにしても、その噂は客の耳にも入ると、ガイは予想するべきだったのだ。

「アンジェリン・ステイベリー……だよね？　あの屋敷はかつてステイベリー・ホールと呼ばれていた」

彼の言葉に、ふと涙ぐみそうになったが、こんな村の中で泣いてしまったら、またどんな噂が立つか判らない。

「わたし……もう帰らなくては。買い物を言いつけられていて」

アンジェリンは荷物が入った籠を掲げてみせた。彼はにっこり笑って、停まっている馬車を指差す。

「人目が気になるか。それなら、送っていこう。僕も用事が済んで、帰るところだから」

「でも……」

「遠慮しなくていい。ガイのことで、君と話したいことがあるんだ」

ガイのことで話したいこととは、なんだろう。興味を引かれて、アンジェリンは彼と一緒に馬車に乗り込んだ。乗り込むときに、まるで上流階級の令嬢にするように彼が手を貸してくれて嬉しかった。メイドとは口もきかないような紳士もいるというのに。

「あの……よかったら、お名前を聞かせていただけませんか？」

図々しいが、相手の名前くらいは知っておきたい。彼は水色の瞳を優しげに細めて、自己紹介をした。

「僕はロバート・コンラッド。ガイとは親戚になる」

「ガイの親戚……？　じゃあ、ガイのことは……」

「ガイの父親が勘当《かんどう》されて、貧しい暮らしをしていたのは知っているよ。ステイベリー・ホールで、ガイが馬番として働いていたこともメイドに聞かされて知った。君と……何かトラブルがあって、追い出されたということも」

メイドがそれほどおしゃべりしていたなら、きっとアンジェリンが愛人だということも知っているのだろう。柔和そうな瞳に見つめられて、アンジェリンは急に自分の身が穢《けが》れているような気がしてきた。

ガイに抱かれたことを後悔しているわけではない。その関係をずるずる続けていたことも。どうしても自分が抑えられなかったのだから、どんなに愚かだと非難されても、悔やんではいなかった。

ただ、ガイと再会しなければよかったと思っている。会わなければ、いずれ忘れていただろう。誰か別の男性と出会い、花嫁になれたかもしれない。

今はもう、そんなことはないだろう。たとえ機会に恵まれたとしても、ガイ以上に自分の心を揺さぶる人には出会えないと判っている。

「わたしとガイの関係も、ご存じなのですね？」

「ああ、聞いた……。ガイは惨《ひど》いことをしている。メイドとして働かせながら君を抱いて、一体どうする気なんだろう。上流階級ではそんなことを平気でやる男はめずらしくないが、まさかガイが……」

この世界には身分の差というものがある。メイドはメイドだ。身体だけ奪って、知らぬふりを決め込む男性がいるのは知っている。しかし、ガイは馬番をしていたから、そんな偏見があるとは思えない。

もし、ガイがアンジェリンを憎んでいなかったとしたら……。いや、そんな仮定は無駄だ。一般論で言うと、ガイのような偏見のない男性がメイドを愛人にしたとしたら、彼女をいつまでもメイドのままにはしておかないだろう。どこかの家に住まわせて、生活の面倒を見てやるに違いない。

もっとも、アンジェリンは彼に面倒を見てもらおうとは思っていない。愛人だと噂を立てられることと、本当の愛人になることとは違う。自分は働いているし、その分の給金を払ってもらっている。だから、それだけでいい。彼に抱かれることを仕事にはしたくないのだ。

わたしはガイに愛されているという夢を見ているのね……。実際には違うことを知っているのに。

少なくとも、アンジェリンは愛情があるから抱かれている。だから、この愛をお金や豊かな生活に換算《かんさん》したくなかった。

「わたしはいいんです……。それに、ガイがわたしを愛人にしたのは、ロマンティックな気持ちからではなくて、ただの復讐ですから」

「復讐だって……？」

ロバートは動揺していた。それでは、彼はガイのそういう面を知らなかったのか。アンジェリンは余計なことを言ってしまったと、唇を噛んだ。

「ごめんなさい。ガイの親戚の方に言うべきことではありませんでした」

「いいや……。じゃあ、昔のことでガイは君に何か恨《うら》みを持っているんだね？　だから、君を愛人にしながらメイドとして働かせ、今度はミランダに……」

彼はそう言いかけて、言葉を途切れさせた。アンジェリンには彼が何を言いたかったのか判った。彼もまた気づいていたのだ。ガイとミランダが庭で何をしていたのかということを。

そういえば、彼もアンジェリンと入れ違いに外に出ようとしていた。だから、アンジェリンは見なかったその先のことを目撃したのかもしれない。

アンジェリンは不意に涙が溢れてきて、何も言えなくなってしまった。

「悪かった。君を傷つけるつもりじゃなかったんだ。昨夜……君も気づいたんだね？」

ロバートは上着のポケットから白いハンカチを出して、アンジェリンに差し出した。なんて紳士的な人だろう。滅多に泣かないようにしているとはいえ、ガイはアンジェリンの涙を見ても、目を背けるだけだ。

アンジェリンはお礼を言って、ハンカチを受け取った。涙を拭いて、少し落ち着いたところで、ロバートに尋ねる。

「彼女はガイと付き合っていたことがあるらしいと、メイド達が噂をしていたのを聞きました。それは本当ですか?」

ロバートはなんと答えようかと迷う素振りをしていたが、やがて口を開いた。

「ああ……。昔ね。ミランダは移り気だし、ガイも遊びだったと思う。もちろん昨夜のこともね」

ただの遊びだったにしろ、それでアンジェリンの気持ちが慰《なぐさ》められることはなかった。自分とガイの関係は普通ではないものだ。アンジェリンはガイが復讐のために抱いたことを知っている。だから、二人の関係を約束するものは何もないし、他の女性と遊んだからといって、浮気だと責めることもできない。

彼にしてみれば、メイドより、美しい装いをした女性のほうがより魅力的に見えたのだろう。

ハンカチを返そうとしたとき、ロバートはアンジェリンの手を両手で包み込んだ。驚いて目を上げると、彼は同情的な眼差しを向けていた。

「君のほうは本気なんだね……」

アンジェリンの目から再び涙が溢れ出した。

「ガイは馬鹿だ。こんなにいい娘に愛されているのに、蔑ろにするなんて信じられない」

ロバートは優しい言葉をかけてくれる。けれども、ガイはアンジェリンの気持ちなど顧《かえり》みないし、きっと興味もないのだろう。

これが現実なんだわ……。

アンジェリンの心にその考えは深く根づいた。


ガイはミランダと共に馬を走らせていた。

といっても、軽いギャロップだ。美しい深紅の乗馬服を着たミランダは横鞍《よこくら》におしとやかに座っていて、馬に乗るのもファッションを見せつけるためだ。疾走《しっそう》するためでも、運動のためでもない。

ふと、アンジェリンを裸のまま馬に乗せたときのことを思い出した。腕の中で彼女は細い身体を震わせていた。あんなひどい真似をしておきながら、彼女を干草の上に押し倒して、奪ってしまいたかった。

一体、自分はどんなに残酷《ざんこく》な男なのだろう。彼女を傷つけたいと思うのと同時に、彼女に優しくしたいと思っている。いや、本当は傷つけたいわけではないのだ。ただ、彼女が身を捧げながらも、どこか心を閉ざしているところが、たまらなく嫌だった。

彼女の目を自分に向けておきたい。彼女のすべてが欲しい。

だが、それからどうしたらいいのだろう。彼女を捨てる？　いいや、もう捨てられないところまで来ている。

昨夜、ミランダとキスをしてみた。過去に、彼女と戯《たわむ》れたことはあったが、今となっては何も感じない。頭の中にあるのはアンジェリンのことばかりだった。

横を走るのが、アンジェリンならいいのに。遠い昔、彼女が少女だった頃、一緒に草原を疾走したことが何度もある。金色の髪をなびかせ、薔薇《ばら》色の頬をした彼女は緑の瞳をきらめかせて言った。

『ガイ、わたしの勝ちよ！』

あのときの声がこだましているような気がして、ガイはふと振り向いた。馬車がやってくる。ガイはミランダに注意して、馬を脇によけさせた。馬車が少し行き過ぎてから停まり、その窓からロバートが顔を出したので、ガイはそこに近寄った。

「ロバート、出かけていたのか?」

「ああ、村までね。君は乗馬を楽しんでいたのか?」

ガイはロバートの向かいの席に座っている女性に目を向け、驚いた。アンジェリンだ。二人はどうして馬車に乗っているのだろう。

彼女は泣いていたかのように瞳を潤《うる》ませていた。ガイは頭を殴られたような気がした。ロバートが彼女を泣かせるような真似をしたのだろうか。

全身が燃え上がり、この場でロバートを引きずり出して、殴りつけたかった。しかし、親戚の彼にそんなことはできない。思わず、アンジェリンに怒りの矛先《ほこさき》を向けた。

「アン! メイドの分際でお客様の馬車に乗り込むとは何事だ!」

彼女の瞳が大きく見開かれ、傷ついたような表情になった。今すぐ自分の言った言葉を取り消したかったが、今更どうにもならない。

ロバートが軽蔑したように眉を上げた。

「彼女は重い荷物を抱えていたから、ついでに馬車に乗せてあげただけだ。君はもっと使用人に優しいと思っていたよ」

ガイはアンジェリンが度々、村へ買い物に行かされることを知っていた。止めようと思えば止められるのに、今まで放置していた。彼女が悪意の噂で傷つくままにしておいたのだ。

彼女のことなんかどうでもいいと思いたいばかりに。

復讐するという決心を翻したくないばかりに。

ガイの目の前で窓は閉まり、馬車は動き出した。ガイは自分が拒絶されたような気がした。ロバートは彼女を慰《なぐさ》めるだろう。彼女だって、自分を傷つける男より、優しくしてくれる男のほうを好きになるに決まっている。

ガイはそのとき初めて、アンジェリンを失う恐ろしさに気がついた。

まるで奈落の底に落ちていくような恐怖を覚える。そんなことになりはしないと思ってみても、心は晴れない。ロバートがもしその気になれば、彼はアンジェリンを連れていってしまうかもしれない。

ミランダが近づいてきた。きつい香水の匂いが鼻をつく。

「ロバートったら、あなたを怒らせたみたいね。わたしとあなたが仲良くしていたから、嫉妬したのかしら」

ミランダはどこまでも自己中心的な女だった。『どんな男性も振り向かせる自分』が好きなのだ。昨夜、キスをしておいて、ベッドに連れ込まなかったガイに対して、狩人の本能を発揮しようとしている。

ガイは友人達を一週間も招待したことを早くも後悔していた。

第四章　伯爵の求婚に……

ガイの友人達が帰った後、やっと屋敷に静寂《せいじゃく》が戻った。アンジェリンだけでなく、他の使用人もみんなほっとして、気が抜けたようになっている。

この一週間、ガイはミランダとずっと一緒にいた。ロバートの馬車に乗って叱《しか》られたとき以来、彼はアンジェリンに一言も話しかけてこなかった。もちろん、彼の寝室に行くこともなかった。彼が迎えにこなかったからだ。

来てほしくないに決まっている。もう代わりがいるんだから。

ミランダがこの屋敷に残らなかったのが不思議なくらいだ。二人の仲が本当はどうなのか判らない。ガイの寝室を掃除しているのはアンジェリンだが、女性とベッドを共にしている形跡はなかった。ミランダの部屋の掃除を担当しているメイドが、にやにやしながら思わせぶりなことを口にするだけだ。

『あなたを傷つけたくないのよ。本当よ。だって……ね』

二人の間に何もなかったと信じたい。けれども、その根拠は薄い。始終、二人は一緒にいたし、昔は付き合っていたというロバートの証言もある。ガイがアンジェリンのことを無視していたのは事実だから、もうこんな関係は終わりにするつもりなのかもしれない。

ロバートはアンジェリンに何度か優しい言葉をかけてくれた。それだけでも救われたような気持ちになった。

彼は旅立つ前に、アンジェリンに紙片を握らせた。

『僕の住所だ。困ったことがあったら、頼ってきていいんだよ』

ありがたい申し出だった。しかし、感謝はするが、彼を本当に頼ることはないだろう。彼はガイの親戚《しんせき》だ。そんなことはできない。

もしガイにここを追い出されたとしても、彼に関わりのあるところへは行きたくないのだ。うっかり再会してしまったら、また心に傷を負うことになるのが判っている。ガイが絶対に行かないような場所……たとえばお年寄りの話し相手になりたい。心安らかに過ごせるところで、暮らしたかった。

アンジェリンはこの屋敷を去るのも、もう遠いことではないような気がしていた。何よりガイの態度がそれを示している。勝手に出ていくことは許さないと、彼は言っていたが、今となっては、もう出ていってくれと思っているに違いない。

だから、給金と紹介状をもらおう。それさえあれば、なんとかなる。それから人生を切り開くことができるかもしれない。

アンジェリンはつらい気持ちを押し隠して働いた。一日の仕事を終えて、疲れた足を引きずって屋根裏に上がると、自分の部屋から明かりが見える。

ガイだわ……!

彼のことを諦めようとしていたのに、彼が部屋の中にいると判っただけで、心の中が急に光に照らされたようにパッと明るくなった。なんとも情けない。こんなことだから、彼に振り回されるのだ。

ドアを開けると、ガイがベッドに腰かけていた。

ガイがこちらを向き、冷ややかな眼差しを見せる。アンジェリンはその目を見ただけで、せっかく明るくなった心がたちまち萎《しぼ》んでくるのを感じた。

ガイは立ち上がり、アンジェリンの肩に手を回した。いつもなら温かくなるのに、今夜は妙に肌寒いような気がした。ランプの灯りを消して、二人で彼の寝室へ向かう。これが自分達の日課のようなものだった。ガイが友人達を屋敷に呼ぶまでは。

寝室に入ると、ガイはアンジェリンの腕を取り、ベッドに導いた。しかし、いつものガイだったのは、そこまでだった。ベッドの端に腰を下ろしたアンジェリンの前に、ガイは腕組みをして立った。

「君に話がある」

「話……?」

やはり、もう屋敷を出ていけという話だろうか。アンジェリンは胸に痛みを感じながら、彼をぼんやりと見上げた。

「ロバートに何を言われたんだ?」

アンジェリンは頬を赤くした。ロバートが自分に紙片を握らせているところを、彼は見ていたのかもしれない。

「あいつは君を誘惑しようとしたのか?」

ガイの声は冷たかった。もちろん眼差しだって冷ややかだ。

「……いいえ。ただ、彼は噂を聞いて……同情してくれただけ」

ガイは舌打ちをした。噂がロバートの耳に入ることを考えていなかったのだろうか。

「君はそれを利用したんだな?」

「利用……?」

彼は何を言っているのだろう。アンジェリンには理解できなかった。

「君のほうが誘ったんだろう？　あいつの愛人になってもいいと言ったのか？」

「そんなこと……言うわけないわ！」

アンジェリンは愕然《がくぜん》とした。ガイがそんなことを言い出すとは思わなかった。難癖《なんくせ》をつけて、追い出そうとしているのだろうか。そんなことをしなくても、出ていけと言われれば、素直に出ていくのに。

「さあ、どうだかな。君は愛人稼業に慣れているし、どうせならもっと金になる相手のほうがいいだろう」

「わたし……そんなつもりじゃ……」

ガイの愛人と噂されるのもつらいのに、自ら望んで誰かの愛人になったりしない。まして、ガイ以外の誰にも抱かれたくはなかった。

彼は目をギラギラさせて、アンジェリンを睨みつけてきた。

「そんなに金が欲しいなら、欲しいだけくれてやる。ロンドンの一流店でドレスを作ってやる。宝石だってやる。その代わり……僕をとことん満足させるんだ！」

ガイはアンジェリンをベッドに押し倒して、無理やり唇を奪った。彼の形相《ぎょうそう》と怒りにすくみあがったアンジェリンは、抵抗しようとしたが、彼の力にはかなわない。彼はまるで罰を与えるかのようなキスをしてきた。

彼は本気でロバートを誘ったと思い込んでいるのかもしれない。だが、彼がこんなに激怒している理由はなんだろう。彼の傍にはミランダがいたはずなのに、愛人がロバートに接近しているとなると、腹が立つのだろうか。

これが嫉妬《しっと》だと思いたかった。けれども、そうではないかもしれない。ロバートは彼の親戚で、仲のいい友人でもある。アンジェリンがガイとロバートを不仲にしようとしていると思ったのかもしれない。

アンジェリンが抵抗をやめると、ガイのキスは乱暴なものから、徐々にいつもの優しいキスへと変化していった。すると、アンジェリンの身体もいつものように蕩《とろ》けてきた。

どんなに侮辱《ぶじょく》されても、自分はガイには抗《あらが》えないのだ。せめて心だけは別だと思いたかったが、決してそうではない。

ガイを嫌いになれればいいのに。しかし、憎めるものなら、もうとっくに憎んでいた。

元々の原因が自分にあるとはいえ、彼の言動はあまりに理不尽だった。だから、自分が彼を憎んでも構わないと思う。だが、彼は乱暴にキスしたことを謝罪するかのように、今度は優しく甘ったるいキスをしてくる。そして、それがうわべだけのものには思えない。心からのキスに思えてくるのだ。

ああ、そんなはずはないのに……。

自分が彼を信じたいから、そう感じてしまうのかもしれない。それが判っていても、やはり彼のキスにはアンジェリンを酔わせる効果があった。

彼が好き。愛してる。

ガイはスカートの中に手を差し込んできた。たちまち、その手は秘所に触れてくる。

「あ……っ」

彼の指で襞《ひだ》をなぞられると、身体がゾクゾクしてくる。彼はいつだって、ベッドでアンジェリンに快感を与えてくれた。

いつもなら、彼はアンジェリンの服をすべて脱がせるのが好きだった。裸にして、じっくりと見つめた後、丁寧な愛撫《あいぶ》をしてくれる。息も絶え絶えになり、彼に哀願《あいがん》するようになるまで。それから彼はアンジェリンを貫くのだ。

しかし、今夜は違う。服を着ているのに、彼に感じるところを弄《いじ》られている。

指が忍び込んできて、奥まで差し込まれる。アンジェリンは甘い吐息を洩らした。同時に、敏感な芽を彼の指が愛撫していく。たちまち、アンジェリンは彼が何を怒っていたのか、そして自分がどんなに悲しい想いをしていたのか、判らなくなってきた。

ただ、彼が与えてくれる快感に夢中になっている。ガイはアンジェリンの表情を観察しているようだった。快感に喘《あえ》ぎ、彼の意のままになってしまっている自分の顔を。

やがて、アンジェリンは身体を震わせて絶頂を迎えた。

「あぁっ……ぁあっ……」

指が内部から抜けていく。次に彼はきっと服を脱がせるのだろうと思っていた。それが日常だったからだ。

だが、ガイはアンジェリンの身体を引っくり返して、押さえつけた。そして、スカートとペチコートをまくり上げ、後ろから腰を抱く。

「え……っ」

こんなポーズを取らされたのは初めてだった。

衣擦れの音がして、ガイの屹立《きつりつ》したものが潤《うる》んだ秘裂にあてがわれる。彼は後ろから中に入ってこようとしていた。

「そんな……」

「覚えているか？　君を裸のまま馬に乗せたときのことを」

アンジェリンははっとして、身体を硬くした。あのとき、彼は馬に乗りながら、アンジェリンを快感に導いたのだ。

「あのとき……僕はこうしたかったんだ」

ガイがぐいと押し進んできた。アンジェリンの潤ったそこは、難なく彼のものを受け入れる。

「どうだ？　馬の上でこんなふうに抱かれたら……」

「そんなこと……できるわけない……」

アンジェリンの弱々しい声音に、ガイの鼻で笑う声が重なる。

「ここが馬の背だったら、振動があるから、もっと気持ちよくなれるかもしれない」

ガイはアンジェリンの腰を勢いよく引き寄せた。

「あっ……待って！」

アンジェリンは彼と繋がったまま上半身を起こした。馬の上に二人で乗っていたときと似たようなポーズになり、アンジェリンは愕然《がくぜん》とした。確かにあのときも彼の腰が密着していて、お尻に彼のものが当たっていた。

彼は馬を走らせながら、こんなことを考えていたの……？

まるで自分は彼の玩具《おもちゃ》のようだった。彼が楽しむために存在している。これはただの戯《たわむ》れに過ぎなかった。

二人の結びつきが神聖なものではないことは判っている。教会で神に誓い合ったわけではないからだ。それでも、これはもう少し意味のある行為だと思っていたのだ。

ああ、でも……。

彼にはなんの意味もないことだった。

ガイはアンジェリンの身体を下から突き上げていく。いつしかアンジェリンも、馬の背に揺られながら昇りつめたことを思い出していた。

あのとき、こんなふうに貫かれていたら……。

想像すると、身体が震えてきた。裸で貫かれたまま馬に乗り、後ろから乳房を鷲《わし》摑みにされているところが頭に浮かんでくる。

今は裸ではないのに。馬の上でもないのに。振動なんてないのに。

「ガイ……っ……」

彼の言いなりになるのは悔しいのに、もう抗えない。現実に妄想が加わり、区別がつかなくなっていた。アンジェリンはギリギリまで我慢していたが、不意に身体を強張らせて、絶頂に達した。

ガイは腰をぐっと押しつけて、内部で熱を放った。いつもなら彼はすぐに身体を離していたが、今日はそのまま動かずにじっとしている。アンジェリンのほうが戸惑うくらいに。

「あの……もう部屋に戻りたいんだけど」

「いや、まだだ」

「でも……」

ガイはくすっと笑って、アンジェリンのドレスの前ボタンを外し、そこに手を差し込んできた。彼の手は豊かな乳房を弄《もてあそ》んでいる。アンジェリンは快感の波がまたやってきたことに当惑していた。

「君は今まで身ごもらなかったが、これで赤ん坊ができるかもしれないな」

「ど……どうして？」

それが一番困ることだった。身ごもったら、どこでも働かせてもらえない。それどころか、この屋敷でも働けないだろう。ガイはどうするつもりなのだろう。メイドを愛人にしているという噂が立つだけならまだしも、子供まで産ませて、平気な顔をして暮らせるのだろうか。

そういえば、彼はアンジェリンの中に熱を放った。あれは子種なのだという。ほとんどの場合、彼は直前に引き抜き、身体の外に出していたが、たまに中で出すこともあった。今まで身ごもったりしなかったので、そう簡単には赤ん坊はできないものだと、アンジェリンは思い込んでいた。

「君の中でこうしてじっとしていると、子供ができる可能性が高くなるそうだ」

アンジェリンは驚いて、彼から逃れようとしたが、たちまち後ろから抱き締められる。

「まだだ。君の中に種を植えつけるまでは」

「やめて……！」

アンジェリンは悲鳴のような声を上げた。

彼の言葉が本当のことかどうかは判らない。ただの脅《おど》かしということも考えられる。だが、脅かしであるにしろ、ガイが何か目的を持って、こういうことをしているのは間違いなかった。

彼はまだ自分を手放すつもりはないのだろうか。そのために、赤ん坊を産ませて、出ていかないように縛りつけておくつもりなのかもしれない。

そんな……。残酷すぎる。

「馬番だった男の子供は産みたくないのか？」

「そ……そうじゃなくて……」

「君を本当の愛人にするんだ。メイドはやめていい。ロンドンに行こう。思いっきり飾り立てて、舞踏会に連れていこう。どんなところにだって、君をエスコートしよう。オペラは好きか？　ワルツは踊れるか？」

そんな生活は、アンジェリンが望むものではなかった。彼はどれだけ自分を苦しめたら気が済むのだろう。

乳房を撫《な》でていたガイは指で乳首を摘《つ》まんだ。そして、それを転がすように愛撫《あいぶ》していく。

アンジェリンは今すぐ彼から逃れたかった。しかし、身体が言うことを聞かない。愛撫に溺れてしまう。それに、逃げる場所などどこにもない。

ここは彼の屋敷なのだから。どこに逃げ込んでも、彼は必ず連れ戻すだろう。

ああ……どうしたらいいの？

ガイと離れたくないという思いはあるが、こんなことは望んでいなかった。アンジェリンが欲しいのは、彼の愛情であって、執着ではないのだ。

彼は本当に愛人にしようとしている。そこに、アンジェリンの意思は入っていない。彼がそうしたいだけなのだ。そのためには、身ごもらせても構わないと思っている。

つらい……。あまりにも、苦しい。

胸を弄られているうちに、やがて、ガイのものがアンジェリンの中で復活してくる。一度も抜かないまま、アンジェリンを四つん這いにさせると、彼はまた動き始めた。

「ああ……ダメ……っ」

彼はきっとまた自分の中で達するつもりなのだ。そうすれば、また身ごもる可能性が高くなってくるに違いない。

「やめて……ああっ」

身体の芯《しん》が熱く溶けていくようだった。このままではいけないと思うのに、アンジェリンの身体はガイの思うとおりになってしまっている。

逃げたくても逃げられない。身体が言うことを聞かない。

快感に突き動かされて、自分の腰が揺れている。

やがて、また絶頂が近づいてくる。

「もう……っ……ぁっ……」

アンジェリンは絶望に縁取られた自分の未来を見たような気がした。


ガイはようやくアンジェリンの身体を放した。

アンジェリンの服装は乱れていたが、脱がせていない。二度も抱いて、身体は満足したものの、まだ頭の中ではロバートが彼女の目を見ながら、何か優しい言葉をかけていた場面が浮かんできて、怒りが治まらなかった。

アンジェリンは僕のものだ！　絶対に誰かに渡さない。

そう言い切れる何かがあるわけではない。ただ、ガイは誰かに彼女を譲るつもりも、分け合うつもりもなかった。

彼女を自分の許に縛りつけられるなら、どんな道義的問題を踏み躙《にじ》って構わないと思っていた。あまりにひどいと自分でも思うが、どうしても彼女を手放す気にはなれない。

彼女が他の男に抱かれることを考えたら、猛烈に腹が立ってくる。元々、ガイは独占欲が強いたちではなかったから、自分でも不思議だった。女性と付き合うことがあっても、特に思い入れもなく、向こうが別れたいと言えば簡単に別れたし、自分が別れたいと思えば、あっさりと手放していた。

そういった意味では、アンジェリンは特別だった。復讐《ふくしゅう》のために手放さないと思っていたが、今やその目的はどこに行ったのか、もはや判らない。

アンジェリンがのろのろと身体を動かし、服装を整えている。彼女の顔には表情がなかった。頬には涙が流れているのを見て、ガイは胸に何か鋭いものが突き刺さったような気がした。

「アンジェリン……」

声をかけると、彼女は顔を上げた。瞳の中に恐怖のようなものが浮かんでいて、ガイは彼女を抱き締めたくてもできなかった。

アンジェリンはスカートを翻《ひるがえ》して、扉を開け放し、寝室の外へと駆け出した。

ガイはがっくりとベッドに腰を下ろした。彼女を傷つけたのは判っている。復讐のために彼女を傷つけたかったのだが、ここまでしていいわけではないだろう。それに、もうガイは彼女に自分を恐れてほしくなかった。

彼女を本当の愛人にする……。

魅力的な考えのように思えたが、本当にそうだろうか。自分は愛人に子供を産ませたいと、本当に思っているのだろうか。

ふと、ガイの耳に玄関の扉が開き、閉まる音が聞こえた。

アンジェリンは自分の部屋に戻らず、外に出ていったのか。ガイは彼女のことが心配になり、衣服を整えると、玄関へと急いだ。

「アンジェリン……?」

ガイは彼女を追い求めて、庭の中を捜した。胸が苦しい。彼女が心配でならなかった。

今夜は月が出ている。明るいから、きっと見つかるはずだ。それにしても、どこに行ったのだろう。もう庭にはいないのだろうか。

辺りはしんとしている。足音は聞こえないが、どこかで水音が聞こえてきたような気がした。

近くに池があるのを思い出した。アンジェリンが子供の頃は遊び場にしていたところだ。ガイもそれに付き合ったことがある。

彼女は池のほとりにいるのかもしれない。

まさか入水自殺なんてことは……。

ガイは慌てて池のほうへと向かった。自殺するつもりでなくても、足を滑らせたりしたら、大変なことになる。

生い茂った木々の向こうに池がある。月が水面に映り込み、幻想的な雰囲気を醸《かも》し出していた。

その池の中に膝まで浸かり、ぼんやりと立ち尽くす人影があった。スカートの裾が水面に浮き上がり、輪のように広がっている。

アンジェリンだ……。

長い髪を垂らし、月光に照らされながら水の中に立つ彼女は、まるで水の女神のようにも見えた。美しいが、とても生きた人間には見えない。

「アンジェリン……！」

ガイは名を呼んだが、反応がない。一瞬、彼女はもう死んでしまっていて、今、自分が見ているのは、幽霊なのではないかとも思った。

彼女が死ぬ……？

そんなはずはないと思いながらも、ガイの心の中には冷たい死の恐怖が忍び込んできた。氷のような鉤爪《かぎづめ》で心臓を鷲掴みにされたような気がする。

母がこの世を去ったときのことが頭に浮かんできた。あのとき、ガイは悲しみに暮れた。後悔もたくさんした。

だが、もしアンジェリンが命を失ったらと思うと……。

そんなことには耐えられない！

今、初めて気がついた。自分はアンジェリンを失ったら、生きてはいけない。世界中のどんなものより、ガイは彼女が大切だった。

彼女を手放したくないとか、彼女を抱きたいとか……。そんなことは二の次だった。まして、復讐などということは、もはや考えられない。

「アンジェリン……戻ってきてくれ！」

彼女は振り返ることなく、水の中でまた足を踏み出した。ガイはその様子にぞっとした。彼女をここまで追いつめたのは自分だ。

ガイはばしゃばしゃと音を立てて、池の中へと入っていき、彼女の腕にそっと手をかけた。乱暴なことはしたくない。自分はもう充分に彼女を傷つけてきた。

振り向いたアンジェリンの顔はまるで幼子のように放心していた。涙に濡れた頰に、髪が張りついてしまっている。それを見たガイの心を痛みが貫いた。

「ごめん……。悪かった」

ガイは彼女の頰に張りついた髪をそっと外した。そうして、彼女の頭を撫でてみた。

「もう、ひどいことはしない。君をこれ以上、傷つけたりしないよ」

優しく言ったが、彼女に自分の言葉が響いているとは思えなかった。今までどれだけ彼女を苦しめてきたことだろう。それを考えたら、こんな言葉を信じられるはずがない。

ガイは彼女をゆっくりと抱き上げると、岸へと向かう。

そっと地面に下ろされたアンジェリンは、ガイの顔を見上げてきた。緑の瞳がすっかり生気を失っている。

「アンジェリン……。本当だ。本当なんだ。僕は……」

彼女はじっとガイの顔を見つめ続けていたが、ふと何かを思い出したかのように、まばたきをした。そして、ぽつんと呟く。

「ガイ……わたし、メアリーに嫉妬したの」

「メアリー？」

それは何者だろう。メアリーという名のメイドでもいただろうか。ガイは考えてみて、やっと思い出した。六年前にこの屋敷で働いていたメイドの名前だ。

「大好きなあなたがメアリーとキスしていたのを見て、胸が張り裂けそうだったの……。だから、わたしもキスしてもらいたかった。お父様に見つかるとは思ってもみなくて」

ガイの中で、今まで凍りついていた何かが急に溶けだしてきた。

ずっと、何もかもアンジェリンのせいだと思っていた。だから、彼女を憎もうとしていた。復讐しようとしていた。

その考えがどこかに消えた今、彼女の言葉がすんなりと自分の内部に染み透っていくような気がした。

あの頃のアンジェリンがはっきりと頭に浮かんでくる。彼女は何かにつけて、厩舎《きゅうしゃ》に出入りしたがっていた。ガイは自分が彼女に好かれているのは知っていたが、子供だと相手にしてもいなかった。確かに可愛いが、妹のようだと思っていた。

『ガイ、大好きよ！　わたし、ガイのお嫁さんになる！』

彼女が愛くるしい瞳をして告げるのを、自分は本気にはしていなかった。それより、年上のメイドが誘いをかけてくることに関心があったからだ。

アンジェリンはきっとガイの関心を自分に向けたいと思っていたのだろう。今、思い起こせば、あれは本当に罪のないキスだった。

しかし、それを大事《おおごと》にしたのが、彼女の父親だった。彼の目には馬番がアンジェリンを誘惑しているようにしか見えなかったのだろう。

「わたし……お父様に言ったのよ。わたしが悪いんだって……。あなたは何も悪くないって……」

彼女が従僕に引きずられながら、父親に叫んでいたことを思い出した。だが、彼は娘の言葉に耳を傾けず、ガイを罰した。鞭《むち》を打ち、ここから出ていけと言った。

今になって、あのときのことを鮮明に思い出す。今やっと、冷静に物事が見られるようになっていた。自分の中の憎しみが消えてしまっているからだ。

彼女に罪と呼べるものが本当にあったのだろうか……？

十二歳の少女がキスをしてきた。もちろん、あのとき彼女があんなことをしなければよかったのだが、それは果たして罪だったのか。

ガイがそう思い込んでいただけかもしれない。

家を追い出されて、長旅をした。それが母の病の原因だったが、それも果たしてアンジェリンの罪なのだろうか。

伯爵《はくしゃく》だった伯父に、跡継ぎにするから母と縁を切れと言われた。母は領地の隅のコテージで暮らすようになり、自分は勉強ばかりの毎日で、母にはなかなか会いにいけなかった。誰にも見つからないように、こっそり屋敷を抜け出さなくてはならなかったからだ。

だから……ガイは母の病になかなか気づかなかった。そして、気づいたときには手遅れだった。

母は自分を伯爵の跡継ぎにするために、身を引き、一人で暮らしていた。だが、母が死んだ後、そんな暮らしをさせなければよかったと思ったのだ。跡継ぎなんかにならずに、貧しいながらも二人で暮らしていれば、母は死なずに済んだのではないかと。

あのとき、他の誰かを憎みたかった。

だから……すべてアンジェリンが悪いと思い込むようになっていた。彼女の父親が、すべてガイが悪いと思い込んだように。

ガイはさっきもまた思い込みでアンジェリンを傷つけた。ロバートとの仲に嫉妬した。冷静に考えれば、アンジェリンがロバートの愛人になりたがるだろうか。ロバートのほうはアンジェリンに気があったのかもしれないが、それをアンジェリンが誘惑したと責めた。激しい嫉妬が物事を歪《ゆが》めていたことに気づかず、その結果、彼女をここまで追いつめ、傷つけてしまったのだ。

「アンジェリン……」

ガイは彼女の長い髪を指に巻きつけて、キスをした。

彼女に許しを請《こ》いたかった。もう、いい加減、現実を直視しよう。どれだけ彼女を傷つけたのか、自分でもはっきりと判っているのに、そこから目を背けようとしていた。

彼女の頬の涙を指で拭《ふ》いた。後から後から涙が溢れてきて、拭《ぬぐ》い取れない。宝石のように輝くはずの瞳が曇《くも》っていて、ガイは途方に暮れた。

アンジェリンの泣き顔くらい、自分の胸を締めつけるものはない。

ずっと……ずっと昔からそうだった。彼女が無垢《むく》な少女だった頃から、この泣き顔に弱かったのだ。

そして、彼女の明るい笑い声を聞くのが好きだった。妖精のように微笑む唇も好きだった。いつもリボンをつけていて、風になびいていく金色の髪も好きだった。

ああ……。

ずっと彼女は自分の心の中に住んでいたというのに。

どうして今まで気づかなかったのだろう。どうして彼女をここまで傷つけてしまったのだろう。

「アンジェリン……！」

君を愛してる。

しかし、言葉には出せなかった。今更、彼女に愛の告白など、できるはずがない。そんな図々しいことを言えるはずはなかった。

ただ、ガイはじっとアンジェリンの瞳を見つめた。

「君を……こんなに傷つけるつもりはなかった。僕は自分が恥ずかしい。復讐しようなんて考えていた自分が愚かしく思えて、たまらないんだ」

彼女はようやくガイの言葉を理解したようだった。瞳に生気と力が甦《よみがえ》ってきて、ガイの目を見つめ返してきた。

「もう……怒ってないの？　恨んでないの？」

ガイは素早く頷いた。

「僕は何もかも君のせいにしていたんだ。母が病気になったとき、僕は屋敷で伯爵にふさわしい教育を受けていた。伯父は母と縁を切らせようとしていた。もちろん僕はそんなつもりはなかったが、母の住まいにはなかなか訪ねていけなかった。だから、母の病気に手遅れになるまで気づかなかったんだ。母を裏切ったのは、本当は僕自身なんだ」

今も、母の死に際を思い出すと、胸が痛む。母をあんなふうに死なせたくはなかったのに。

「ガイのお母様はとても優しい人だった……。心からガイを愛していて、本当に大切にしていたわ。だから、あなたがその身分にふさわしい教育を受けられることを、どれだけ嬉しく思っていたのか、わたしには判る。決して裏切りなんかじゃないのよ。こんなことをわたしが言う資格はないかもしれないけど……お母様は幸せだったと思うの。勘当されても愛を貫いたお父様のように、あなたが立派な人になると判っていたんだもの」

ガイの心は震えた。自分を見上げるアンジェリンの瞳は澄み切っていた。

彼女はどうしてこんなに優しい言葉を自分にかけられるのだろう。自分こそ、彼女に恨まれてしかるべきなのに、どうしてここまで広い心でいられるのだろう。

「僕は……立派な人間なんかじゃない。母の死の責任から逃げていたんだ。家から追い出した君のお父さんも、母との縁を切らせようとした伯父も死んでしまったから、君を憎むことで、なんとか生きていたんだ。アンジェリン……僕はひどい男だ」

アンジェリンは悲しそうに微笑み、首を横に振った。

「いいえ……。あなたの言うとおり、わたしは子供だったけど、取り返しのつかない過ちをしたわ」

「だが、君のおかげで、今の僕がある。あのままだったら、今も馬番だったかもしれない。伯爵になることが必ずしもいいことだとは限らないが、馬番よりはるかにいい暮らしができるのも、君のおかげであることは間違いない」

結局、ステイベリーの屋敷は人手に渡ったのだから、あのままであれば馬番の仕事も失くしていただろう。村で仕事がなければ、やはり母と共に伯父を訪ねたかもしれない。つまり、これが自分の運命だったということだ。

それなのに何もかもすべてアンジェリンのせいにしていたことを、今は後悔するしかなかった。

「今更、僕がこんなことを言うのは虫がいいと思っている。だが、できることなら……許してくれないか？　君にした仕打ちを本当に心から悔やんでいる」

アンジェリンは一瞬キョトンとしたが、それからやっと微笑んだ。あの明るい笑顔が戻ってきた。ガイの心の中までも照らす笑顔だった。

「もちろんよ」

あれだけの仕打ちをしていたのに、これほど簡単に許してくれるとは思わなかった。ガイの心は浮き立った。

アンジェリンは天使だ。やはり彼女を手放すべきではない。しかし、もちろん愛人は彼女にふさわしくない。彼女にふさわしい地位を与えなくてはならなかった。

ガイはアンジェリンの両手を取って、瞳を見つめた。

「アンジェリン、結婚してほしい。君にしたことに対して、償《つぐな》いをさせてほしいんだ」

彼女はそれを聞いて、瞳を曇らせた。一瞬にして、また悲しい表情に逆戻りしてしまう。

何故だろう。彼女は嬉しくないのだろうか。今度は愛人ではない。プロポーズしているというのに、どうしてそんな顔をするのだろう。

ガイは必死になって、言葉を続けた。

「君は伯爵夫人になるんだよ。もう……メイドなんてしなくていい。今まで君を蔑《さげす》みの目で見ていた奴らを見返せる。こんなエプロンもつけなくていい。美しいドレスを着て、ロンドンの大聖堂で盛大な結婚式を挙げよう」

彼女が承諾してくれるなら、なんでもしたい気分だった。必要なら花束を贈ろう。指輪も買おう。跪《ひざまず》いて頼んでもいい。とにかく、彼女が笑顔で頷くところが見たかった。

しかし、アンジェリンに笑顔は戻らなかった。

悲しげな顔で彼女は囁くように言った。

「ガイ……。わたしはあなたと結婚できないわ……」

頭を殴られたような衝撃を受ける。ガイは自分が描いていた明るい未来が、その瞬間、壊れていくのを感じた。

何故だろう。これが彼女の復讐なのだろうか。自分は今までしてきたことの報いを受けているのか。

そんな馬鹿な……！

彼女はキスをするだけで、身体を蕩《とろ》けさせていた。だから、今でも彼女に好かれていると思っていた。

それは……思い込みに過ぎなかったのだろうか。

彼女は僕をもう好きではなかった。それどころか、嫌っているかもしれない。どれだけ彼女の心を傷つけたかを思えば、嫌われていてもおかしくない。許すと言ってくれたが、結婚するほどには許してくれていないのだろう。

ガイは肩を落とした。しっかりと握っていた彼女の両手を放す。

なんて愚かなのだろう。やっと彼女を愛していると気がついたのに。初めて誰かと生涯《しょうがい》を共にしたいと思ったのに。

何もかも遅かった。もっと早く気づいていれば、違った結果になっていたかもしれないが、時計はもう戻せなかった。

断られても仕方がない。無理強《じ》いはできないのだ。ただ、彼女への償いはしなくてはならない。

胸が張り裂けそうだった。しかし、自分もまた別の意味で、彼女にそんな想いをさせていたに違いない。

本来なら家柄のいい娘の純潔を奪い、愛人と呼ばれるままにさせておいた。そうしておいて、メイドとして働かせていたのだから。彼女の名誉を回復させるには、どうしたらいいのだろう。

自分と離れた場所に彼女をやってしまうほうがいいだろう。どこかに家を買ってやろうか。それとも、夫を探してやるべきか。

ガイは苦悩した。彼女が他の誰かに抱かれるところを想像すると、たまらない気持ちになってくる。

愛しいアンジェリン……。

僕は彼女を永遠に失ってしまう。そして、ひょっとしたら自分の子供も。

彼女の金色の髪は月の光に照らされて、不思議な色に輝いていた。美しい彼女をいつまでも手元に置いておきたい。けれども、それは許されることではなかった。

彼女をできるだけ幸せにすることが、ガイの償いだった。

第五章　永遠の愛の約束を

アンジェリンは海が見える丘の上にブランケットを敷いて、そこにバスケットを置いた。そうして、風に吹かれながらブランケットに腰を下ろし、遠くを眺めた。

ガイのプロポーズを断った翌日、アンジェリンは馬車に乗せられ、海辺の別荘に連れてこられた。

別荘はあまり大きなものではなく、老夫婦が二人で管理している。ガイは彼らにアンジェリンを紹介した。昔、世話になった家の娘で、ロンドンで再会したのだと、彼は言った。親戚の家で働かされていたのを引き取ったから、ここで面倒を見てほしいと言って、ガイは馬を休ませた後、すぐに引き返していった。

あれから二週間、アンジェリンはその別荘でのんびりと過ごしていた。

長年、メイドとして働いていたアンジェリンは、身の回りの世話を老夫婦にやってもらうのは忍びなく、適度に家事を手伝いながら、自分のことは自分でしていた。それでも、小さな別荘では、それほどすることもない。時々、散歩に出かけたり、絵を描いたりと、ゆったりとした生活を楽しんでいる。

今日は一人でピクニックをするつもりだ。バスケットには食べ物や飲み物が詰められている。料理はできないので作ってもらったが、バスケットと丸めたブランケットを自分で持ち、こうしてここに座っていると爽快《そうかい》な気分になれた。

ガイとの愛人生活で傷ついていた心も、ずいぶん癒《いや》されたと思う。とはいえ、いつまでもこんな生活を続けているわけにはいかない。これはガイの償《つぐな》いなのだろうが、彼に面倒を見てもらっているのは、やはりおかしい。自分は彼の親戚ではないし、彼にはそんな義務はないのだ。

だから、もう少ししたらロンドンに出かけて、何か仕事を見つけようかと思っている。ガイはきっと怒るだろう。だが、遠く離れたところにいるのだし、きっとアンジェリンが何をしようが判らないに決まっている。

ただし、もし身ごもっていたなら……。

ガイに助力を求めることになる。できることなら、彼に迷惑をかけたくないが、子供を犠牲にするわけにはいかないからだ。

もっとも、あれからたった二週間では何も判らない。しばらく、ここで様子を見るしかなかった。

ガイはプロポーズを断られてから、アンジェリンと一度も目を合わせなかった。口には出さないが、自尊心を傷つけられて、怒っているに違いない。ここへ来る途中でも、馬車の中でほとんど話もしなかった。

ガイを怒らせるつもりはなかった。しかし、それでもプロポーズを断ったことは、後悔していない。

もちろん、自分は彼を愛している。結婚できたなら、どれほど嬉しいことだろう。だが、それは彼に愛されているという前提があってのことだ。償いで結婚するなんて、馬鹿げている。そんな結婚に、ガイを縛りつけることはできなかった。

もうわたしは大人になったのよ。ガイがメアリーとキスしていたからといって、嫉妬《しっと》するような子供じゃないわ。

ミランダには嫉妬したのだが、そのことは考えないようにした。彼は愛する人と結婚するべきだ。母親をあれだけ大切にしていた人だから、きっと妻も大事にするだろう。彼がしたことは確かにひどいことだったが、理由があってのことだ。償いで、一生を棒に振ってはいけないし、彼を愛している自分がそんなことをさせるわけにはいかなかった。

もし、彼がわたしを愛してくれているなら……。

アンジェリンは膝を抱え、束の間、夢想した。彼が愛してくれるなら、たとえ彼が今も馬番であったとしても構わない。自分がメイドとして働けば、二人で暮らしていける。そうして、玉のように可愛い赤ちゃんを産むのだ。

二人。いいえ、三人。四人。彼が望むなら、何人でもいい。

男の子だって女の子だっていい。家中に子供が溢れていて、貧しいかもしれないが、それでもきっと幸せに違いない。

愛する彼と二人なら……。

アンジェリンは涙ぐんで、晴れ渡った空を眺めた。

彼は伯爵だわ。そして、わたしを愛していない。

本心では愛人にちょうどいいと思っていても、義務感と償いの気持ちからプロポーズしてくれた。彼はやはり昔と変わらず優しい人で、真面目な人だ。

それだけでもよかったと思わなくては。

「ガイ……」

アンジェリンは彼の名前を呟いた。なんだか涙が出てきそうだ。

本当は一人では淋《さび》しい。彼に傍にいてほしい。肩を抱いて、キスをしてほしかった。

「大好き。ガイのお馬鹿さん」

急に突風が吹きつけてきた。帽子のリボンが解けて、後ろに飛ばされる。アンジェリンは慌てて立ち上がり、振り向いた。

そのとき、少し離れたところに立ち尽くしている人物に気がつき、アンジェリンは呆然とする。

ガイだわ……！

彼は今しがた自分が呟いた言葉を聞いただろうか。アンジェリンは顔を赤らめながら、ガイを見つめた。

彼は足元に転がってきた帽子を拾い上げて、アンジェリンに近づいてきた。

「何しに来たの？」

今更、彼が自分に会いに来たとは思えない。プロポーズを断ったときから、彼には無視されているも同然だったからだ。

ガイは眩《まぶ》しげに目を細めて、アンジェリンを見つめている。その姿からはどことなく緊張のようなものが感じられた。

「まだ君に言ってないことがあるのに気づいたんだ」

彼の口調は冷静だったが、声が少し震えているような気がした。

「まだ言ってないこと……？」

アンジェリンは首をかしげた。帽子を差し出されて、それを受け取る。お礼を言おうとして目を上げると、彼の琥珀《こはく》色の瞳が静かに自分を見下ろしていた。

鼓動《こどう》が跳ね上がる。

アンジェリンは急に身体が痺《しび》れたように動けなくなっていた。ここに二週間もいて、彼への気持ちは少し治まったかのように思えていたが、決してそうではなかった。それどころか、二週間ぶりに彼を間近に見て、以前よりずっと彼に惹《ひ》かれていることに気がついた。

わたし、一生、彼のことを忘れられないわ。

それは絶望的な状況としか言えなかった。自分だけが彼を忘れられずに、生涯、一人で過ごすことになるからだ。

ガイの唇が動いた。

「アンジェリン、君を愛してる」

手から帽子が滑り落ちた。そうして、風に吹かれてどこかに飛んでいく。だが、そんなことはどうでもよかった。それより、アンジェリンは今、自分の耳に聞こえてきた言葉の意味を考えた。

君を……愛してる？

君って、わたしのことなの？

愛してるって、本当に？

頭の中でいろんな考えがぐるぐると回っている。その間、ガイは緊張した面持ちで、アンジェリンの顔を見つめていた。

やがて、ガイの言葉が胸に染み透ってきた。喜びが迸《ほとばし》り、この世の中はすべて薔薇《ばら》色に思えた。

ガイがわたしを愛してくれている……！

「わたしも……わたしも……あなたを愛してる！」

自分がずっと秘めていた想いを告げると、胸がいっぱいになり、涙が出そうになってくる。

いいえ、もう泣かないわ。こんなに幸せなのに、泣いていたらもったいない。

ガイはいとおしげな仕草で、アンジェリンの頬を両手で包んだ。彼の熱い眼差しに見つめられて、アンジェリンは目を逸《そ》らせなかった。

「君を愛していると、自分でも気づかなかった。いや、愛していると認めたくないばかりに、君をつらい目に遭《あ》わせた。これは復讐だと自分に言い聞かせていたんだ」

つまり、あのつらい日々は、彼が愛と戦っていた証拠なのだった。そうして、ついには愛情が復讐に勝ったのだ。

アンジェリンは池の中までガイが追いかけてきてくれたことを思い出した。彼はあのとき、信じられないくらい必死な顔をしていた。

自分が求めていたものは、すぐ傍にあったのに、今まで気づかなかった。

ああ、ガイ……！

ガイは真剣な表情をしている。アンジェリンはただ彼の美しい琥珀色の瞳をじっと見つめていた。

「愛しているから、君とは離れたくない。一生、君の傍にいたいんだ。……どうか結婚してくれ」

アンジェリンは息を呑んだ。プライドを傷つけられた彼が、二度目のプロポーズをしてくれるとは思っていなかったからだ。

愛しているから結婚してくれと言われて、アンジェリンはすっかり舞い上がっていた。それでも、彼の真意は確かめておかなくてはならない。

「……償いじゃなくて？」

「ああ。この二週間、君と離れてみて判った。君が欲しい。身体だけじゃなく、心もすべて。それなのに、僕は肝心《かんじん》なことを伝えていなかった。君への本当の気持ちを」

彼の眼差しには紛れもない愛情が込められている。アンジェリンはそれを見つめて、身体が熱くなってくるのを感じた。

「わたし……あなたと結婚するわ！　わたしも一生あなたの傍にいたいから。愛しているから」

ガイの口元に笑みが広がる。それは驚くほど柔和な笑みで、彼の幸せがどこにあるのか、今、やっと判った。

彼はそっと身を屈《かが》めて、唇を重ねてきた。

二週間ぶりのキス……。

彼はすぐに唇を離そうとしたが、アンジェリンは大胆に彼の首に腕を回した。ガイは苦笑して、アンジェリンを抱き締めて、再びキスをする。今度は有無を言わせぬ濃厚なキスだった。

舌が絡み合い、身体はすぐに熱くなってくる。アンジェリンはずっとキスしていたいくらいだった。やがて、彼が唇を離すと、閉じていた瞼《まぶた》を開いた。

ガイの瞳がきらめいた。

「僕が手配したドレスを着てくれて、嬉しいよ」

今、着ているドレスはロンドンから送られてきたものだった。前に、メイドの制服を作るときに測られた身体のサイズを元に、新たに作られたドレスだった。日常着で華美なものではなかったが、メイドをしていたときに着ていたものに比べると、生地《きじ》もデザインもまるっきり違っていた。

三日前に別荘に届いて、アンジェリンはしばし身につけるかどうか迷った。しかし、特にきらびやかなものではないし、せっかくの厚意なのだから、送り返したりするより素直に着たほうがいいと思ったのだ。

「ありがとう、ガイ。……ああ、帽子はどこ？」

帽子もまたガイが贈ってくれたものだ。風に飛ばされて、どこに行ったのだろう。辺りを見回そうとするアンジェリンの肩を、ガイは引き寄せた。

「今は僕以外のものを見ないでくれ」

アンジェリンは頬を染めて、彼を見つめた。彼を見るのは二週間ぶりだが、ほんの少しやつれたような印象があった。思わず手を伸ばして、彼の頬に触れる。

「前よりちょっと痩《や》せた？　それとも、気のせいかしら」

ガイは苦笑した。

「気のせいじゃない。プロポーズを断られたから、人生が終わったような気になって、酒に逃げたりしたんだ」

「ごめんなさい……。でも、償いのために結婚したいと言われて、あなたをそんな目に遭わせるわけにはいかないと思ったの」

ガイの目がふっと優しくなって、アンジェリンはドキッとする。

「今までのことをたくさん後悔したよ。あれだけのことをして傷つけたんだから、嫌われても仕方がないと思った。だが、よく考えると、僕は本当の気持ちを打ち明けていないことに気がついたんだ。往生際《おうじょうぎわ》が悪いかもしれないが、愛してると伝えなければ、どうしても君を諦めきれない。これから先、君なしには生きていけないからね」

「プロポーズを断ったから、あなたのプライドを傷つけたと思ったわ。だから、まさか二度目のプロポーズをしてくれるなんて……。それに、愛してるって言ってもらえるとは本当に思ってなかったの」

ガイは少し顔を歪《ゆが》めた。今までのことを思い出したのかもしれないが、すぐに優しい微笑みを浮かべる。

「僕のプライドなんて、傷つけられて当然だ。だが、君との未来を自分が壊したのだと思うと、やりきれなかった。二度目のプロポーズをしたのは、僕が身勝手だからだ。何度断られてもいいから、説得できないかと思ったんだ」

アンジェリンの心は熱く震えた。疑っていたわけではないが、彼がこれほどまでに愛してくれているとは思っていなかったからだ。

「ああ、ガイ……！　大好きよ……！」

ガイはいたずらっぽい瞳になり、明るく笑った。

「『お馬鹿さん』ではなかっただろう？」

彼には自分の呟きが聞こえていたのだ。アンジェリンは真っ赤になった。ガイはその頬を指でつつく。なんだかとても懐かしい気持ちがした。子供の頃、彼はこんなふうにアンジェリンを揶揄《からか》うことがよくあったからだ。

「君が一人でピクニックに出かけたと聞いて、捜していたんだ。君が帰ってくるまで待てなくて。だが、来てよかった。あんなふうに優しく『ガイのお馬鹿さん』と言われて、どれだけ嬉しかったか判るかい？」

「お馬鹿さんって言われて喜ぶなんて、おかしいわ」

ガイは自分の胸にアンジェリンを抱き寄せた。彼の鼓動が聞こえてきて、それだけで幸せな気持ちになってくる。

「嫌いな人間のことを、あんなふうには言えない。そうだろう？」

「……ええ。あなたを嫌ったことなど、一度もないわ」

彼の鼓動が急に速くなる。どうしたのかと思ったとき、彼は顔を下げると、唇を合わせてきた。そして、貪《むさぼ》るような激しい口づけをする。

穏やかなキスではなかったが、アンジェリンは嬉しかった。いや、どんなキスでも嬉しい。彼の本当の気持ちが判った今では、彼のキスにはすべて心がこもっていることに気がついたからだ。

そして、今しているキスは、彼の猛々《たけだけ》しいまでの情愛が込められている。

彼が向けてくれる愛情がどんな種類のものであれ、今、アンジェリンは幸せだと思った。

彼のキスに応えているうちに、次第に身体が熱く滾《たぎ》ってくる。

このまま、ここで抱かれてしまいたい……！

そんなことはできないと判っているが、それくらいアンジェリンの気分は高揚してしまっていた。

不意に、ガイはアンジェリンの身体を離した。

「あれだけの仕打ちをして、嫌われてないなんて……奇跡だ」

「だって、ずっと好きだったもの。子供の頃からずっとよ……」

ガイは熱い眼差しでアンジェリンを見つめたかと思うと、大きく息を吸い込んだ。そうして、何故だか遠くを眺める。目が潤んでいるように見えたのは、気のせいだろうか。

「僕も……妖精のように可愛かった君がずっと好きだった。大人になるにつれて、それを忘れていたんだ。そして、あんなふうに……」

アンジェリンは手を伸ばして、彼の髪に触れた。そうして、子供にするみたいに撫でてみる。彼は驚いたようにアンジェリンに視線を戻した。

にっこり微笑むと、彼もまた微笑んだ。

「もう……いいのよ」

「君はやっぱり天使みたいだ」

「妖精じゃなかったの？」

「どっちでもいい。僕が君を愛しているってことを判ってくれるなら」

ガイはアンジェリンの肩に手を回して、ブランケットのほうに連れていく。そこには放置されていたバスケットがあった。

「ピクニックもいいが、僕はもう別荘に戻りたいんだ。その……寝室に」

彼の言いたいことは、よく判った。アンジェリンはくすっと笑う。

「わたしも同じよ」

二人で目を見合わせると、新しい絆が生まれたような気がした。

今はただ、早くベッドに飛び込みたい。全身で彼に愛されたかった。

寝室の扉を閉めるとすぐに、アンジェリンはガイの力強い腕に抱き締められていた。

まるで一刻も待てなかったかのように。

実際、アンジェリンのほうも早くガイと触れ合いたくて、たまらなかった。ガイは別荘の管理をしている老夫婦に、疲れているからしばらく部屋で休むと言った。彼らが顔を見合わせてにこにこしているのを見て、アンジェリンは顔から火が出そうになったが、それでもガイと抱き合いたかった。

「君と離れていた間、ずっとこうしたかった」

ガイはアンジェリンを抱き上げると、主寝室の立派なベッドに下ろした。ここはガイの寝室で、アンジェリンが使っている部屋とは違う。アンジェリンはずっとこの部屋にガイが来てくれることを願っていたのだ。

「ガイ……上着を脱がなくちゃ」

彼はここに着いて、そのままアンジェリンを捜しにいき、一度も着替えていないようだった。

ガイはにっこり笑った。

「君の綺麗なドレスもしわくちゃになってしまうよ」

今までガイと抱き合うときは、メイドの制服を着ていた。多少しわができていても、誰も気にしないから無頓着《むとんちゃく》だったが、上質の生地にしわが寄ると、アイロンをかけなくてはならない。ここで何が行なわれているのか、老夫婦には判っているのだろうが、あからさまにドレスにしわが寄っていたら恥ずかしい。

「脱がせてやろうか」

ガイはにやにやしている。アンジェリンは顔を赤らめながらも頷いた。

彼は優しくアンジェリンの身体を起こすと、背中に並んだボタンを外し始める。

「こういうドレスって、貴婦人になったような気がして嬉しいけど、自分で脱ぎ着できないから不便だわ」

昔はアンジェリンにも小間使いがいて、着替えを手伝ってもらっていたが、自分で身支度するのが当たり前になってくると、今更、人の手を借りるのも申し訳ない気がしてくる。

「僕はわくわくするな。こういうことが……できるから」

ガイはアンジェリンの髪をかき分けて、うなじに口づけた。

「あ……っ」

「そんな色っぽい声を出されたら、ボタンを引きちぎってしまいそうだ」

「もう……待てないくらいに？」

「ああ。二人の気持ちが通じ合ってから君を抱くのは、これが初めてだろう？」

アンジェリンはぽっと頬を染めた。本当にそうだ。何度も身体を合わせたが、こういう幸せな気分で、彼に抱かれるのは初めてなのだ。

ドレスの後ろが開くと、ガイはそこに手を差し込んで背中を撫でる。

「コルセットをつけているんだな」

「ええ……だから緩めてほしいの……」

「ああ、もちろん。君の身体を締めつけている邪魔なものだからな」

ガイはコルセットの紐《ひも》を緩めて、その中に手を差し込んできた。まるで身体のラインを確かめるように、その手が動いていく。

「君にはコルセットなんて不要じゃないかな」

「そ、そう……？」

彼の手の動きにばかり気を取られて、彼の言っていることがよく理解できない。彼の手はそのうちに前のほうに回り、二つのふくらみを包んだ。

彼の温かな手で包まれて、アンジェリンは何故だか守られているような気がして、ほっとした。彼はゆっくりと手を回していく。すると、柔らかい乳房が彼の手によって形を変えていった。

「君の肌は吸いつくような手触りだが、特にこの柔らかさが好きなんだ」

ガイの優しい声に、アンジェリンはうっとりする。彼の声なら、一日中聴いていても苦にならないだろう。

そのうちに、刺激によって硬くなった二つの蕾《つぼみ》に指が触れる。途端に、アンジェリンは身体を震わせた。

「あっ……」

ガイがくすっと笑う。

「こういう感じやすいところも好きだ」

「だって……」

「だって？　感じるんだろう？　恥じることもないし、言い訳することもない。僕は感じやすい君がいいんだから」

指先で乳首を弾《はじ》かれて、アンジェリンは身体をよじった。

「ああ、本格的にしわができる前に、脱がせてしまおう」

アンジェリンはなんのために彼が脱がせようとしていたのか、すっかり忘れていた。彼の愛撫《あいぶ》に夢中になってしまっていたのだ。

ガイは手早くドレスを脱がせて、それをソファに広げて置いた。コルセットを取り去り、それから他の衣類も一枚一枚、時間をかけて脱がせていく。最後に残ったのがガーターとストッキングで、アンジェリンはこの格好が全裸より恥ずかしいような気がした。

「どうして、これは脱がせないの？」

ガイはリボンのついたガーターを撫でた。

「これは別に邪魔にはならないだろう？」

それはそうだが、つけている意味もないと思うのだ。

ガイはにっこり笑って、上着を脱いで、それを床の上に落とした。今や床の上にはいろんなものが散らばっている。

彼はシャツからクラヴァットを外すと、それをアンジェリンの首に適当に巻きつけた。ますますおかしな格好になり、アンジェリンは戸惑った。

「なんだか……変じゃない？」

「そうかな。可愛いよ」

そんなことはないと思うが、可愛いと言われたら、少し嬉しい。アンジェリンは些細《ささい》なことでも、ガイに褒《ほ》められれば嬉しくなるのだ。

彼が白いシャツのボタンを外し始めると、心臓がドキドキしてくる。彼はアンジェリンの肌の手触りがいいと言ったが、アンジェリンも彼の肌の手触りが好きだった。滑らかで、引き締まっていて、いつまでだって触っていたい肌だ。

ガイが上半身裸になる。だが、下を脱がないうちに、急にアンジェリンに覆いかぶさってきた。

「な……何？　どうしたの？」

「君に見つめられていると、我慢ができなくなってきたんだ」

彼はアンジェリンの唇に貪りつき、アンジェリンも夢中で舌を絡めた。腕も脚も絡めていくと、ガイは唇を離して、少し笑ってみせた。

「君も同じってことだな」

「ええ……そうよ」

「だが、まだだ。もっと君を可愛がりたいから……」

ガイは今までのことをいい思い出とすり替えたいのかもしれない。アンジェリンの身体のあちこちに口づけをして、丁寧に愛撫していく。その限りないほどの優しさが、胸に染みた。

そう。ずっと、こんなふうにしてもらいたかったの……。

愛情のこもった仕草で身体を撫でられ、アンジェリンは気持ちよくなりながらも、同時に幸せを感じた。

「こんなの……初めて……」

愛されていると思うだけで、アンジェリンはいつもよりずっと自分が蕩《とろ》けてきたのが判った。そのうちに、彼が欲しくてたまらなくなってきて、誘うように腰を揺らしてしまった。

ガイはガーターとストッキングをつけている両脚を広げて、その中央に指を忍ばせた。そっと秘裂に指を這《は》わされて、そこから蜜《みつ》が溢れ出すのが自分でも判った。その部分もまた、彼を待っているのだ。

彼は指だけでは足りなかったのか、そこに舌を這わせていく。舌の柔らかい動きが心地よくて、アンジェリンは身体を震わせた。

「あぁ……っ……ガイ！」

最も感じる芯《しん》にもキスをされ、指を内部に挿入される。アンジェリンは彼の愛撫に息も絶え絶えになってくる。感じすぎて苦しいくらいだ。

「お願い……っ。お願い！」

アンジェリンは彼に抱いてもらいたくて、懸命《けんめい》に懇願《こんがん》した。もう待てない。我慢ができないのだ。

ガイはズボンと下穿きを下ろした。彼のそこは勃《た》ち上がっていて、アンジェリン以上にもう待てないようだった。

両脚の間に彼が腰を押し進める。すると、硬いものが自分の中へと侵入してきたのが判った。

身体がゾクゾクしてくる。今、彼に抱かれている。彼が愛してくれているのだ。

アンジェリンはその事実に酔いしれた。快感がその部分だけではなく、全身に広がっている。これが快感なのか幸福感なのか、自分でも見分けがつかなかった。

ただ、彼に抱かれて嬉しい……。

アンジェリンは両手を広げた。彼がその求めに応じて、アンジェリンを抱き締め、唇を求めてくる。

身体がぴたりと合わさっている。

今、二人は何もかも共有しているような気がする。この鼓動でさえ、呼吸でさえ、重なり合う唇も何もかもすべて分かち合っている。

やがて、彼が動き出した。

「はぁ……ぁっ……ぁ……んっ」

どうしたらいいのか判らないほど、痺《しび》れるような快感が身体を駆け巡っていた。アンジェリンもまた無意識のうちに腰を揺らしている。

もっと……。ああ、もっと……！

熱に浮かされたように、アンジェリンは求め続けた。

やがて、熱いうねりに身体がさらわれそうになる。全身に力を込めると、アンジェリンは高みへと昇りつめた。そして、同時に、ガイもアンジェリンをきつく抱き締め、絶頂を迎える。

二人とも、身体が震えるほど深く感じていた。こんなふうになったのは初めてで、アンジェリンは思わず涙を流していた。

ガイはアンジェリンに優しくキスをして、ふと顔を上げる。

「……痛かった？　まさか君を何かで傷つけた……？」

彼は涙の理由を勘違いしていた。アンジェリンは慌てて説明する。

「これは感動したからよ。あなたに愛されてるんだって思ったから……」

ガイはそれを聞いて、ほっとしたようだった。口元に笑みが浮かんだ。

「よかった。愛しているというのが君に伝わって」

彼は身体を離したが、今までのようにすぐに起き上がったりしなかった。ただ、アンジェリンの首に絡まっていたクラヴァットだけを外して、床に放り投げた。それから、二人でベッドに寝転んだまま、再び抱擁し、キスを交わす。

ああ、なんて幸せなのかしら……。

「これから毎晩、こうして眠れるの？」

「ああ。もう別々の寝室で眠ることはない。いつだって、僕の隣は君の場所だ」

ガイはふと真顔になった。

「言っておくが、君の隣は僕の場所だからな」

「もちろんよ！」

貴族の結婚は必ずしもそうではないのだ。夫婦であるのは形だけで、ベッドは愛人と共有していることがあるという。

「ロバートが君に親しげに話しかけているのを見たときには、本当に腹が立ったんだ。同じ馬車に乗っていたときも、あいつを叩きのめしてやろうかと思ったくらいだ。君は僕のものだと思い込んでいたから」

ロバートの馬車に乗っていたとき、あんなに激しく非難されたのは、そういう理由があったからだったのか。メイドの分際でなどという言葉を、馬番だった彼が本気で言うわけがないとは思っていたが。

「でも……あなたもミランダと……。わたし、庭で見たの」

ガイはぎょっとしたように身体を起こした。

「……見たのか?」

アンジェリンも身体を起こして、頷いた。あのときの胸が張り裂けるような場面は、今も頭にこびりついている。

「ミランダがいる間は、わたしの部屋には来なかったし、わたしはもう捨てられるんだって思って……」

「まさか! 昔、ミランダとは付き合っていたことがあったが、二人とも真剣ではなかったし、今は終わっている仲だ。彼女がどうして弟にくっついて来たのか知らないが、僕はその気じゃなかった」

「でも、それならどうして……? あのとき、あなたの隣には必ずあの人がいたわ」

ガイの頬がほんのりと赤くなった。一瞬、視線を逸らしたが、またアンジェリンのほうに目を向ける。

「試してみたんだ。君に夢中になりすぎていて怖かった。女なら誰でもいいんだと思いたかった。だが、キスだけだ。あのときの一回だけで判った。誰でもいいわけじゃない。僕をあれほど燃え立たせることができるのは、君しかいない」

ガイは真剣な表情でそう言った。疑う理由はない。今さっき抱き合ったとき、アンジェリンが感じたのと同じことを、彼もまた感じていたはずだから。

「ミランダは僕がベッドに連れていかなかったから、腹を立てて、尚更、誘惑しようとしていた。君がもっとじっくり見ていたなら、判ったはずだ。ミランダが僕の傍にいたのであって、僕がミランダの傍にいたわけじゃないことを」

そうだったかもしれない。アンジェリンはあまりにつらくて、二人が一緒にいるところから、なるべく目を逸らそうとしていた。つまり、勝手な妄想を募らせていたというだけなのだ。

「判ったわ……。わたし、嫉妬してたの」

ガイはにっこり笑った。

「僕もだ」

どちらからともなく、二人は抱き合い、再びベッドにもつれ込む。キスを交わしているうちに、彼の膝がアンジェリンの脚の間に入ってきた。

目が合うと、ガイは微笑んだ。

「結婚式はなるべく早くでいいかな？　準備ができたらすぐにでも、君を花嫁にしたいんだ。ロンドンの大聖堂で、とはいかないが」

アンジェリンは頬を染めて、頷いた。

「牧師様がいらっしゃるところなら、どこででも」

あなたの花嫁になれるなら。

あなたに愛される花嫁でいられるなら。

『わたし、ガイのお嫁さんになる！』

子供の頃に彼にそう告げたことを思い出した。もうすぐ、あの少女の頃の夢が叶うのだ。

「なんて幸せなのかしら……」

微笑みかけると、ガイも微笑みを返した。そうして、顔を近づけてくる。

「アンジェリン、愛してるよ。心から」

ガイの琥珀色の瞳にはもう自分しか映っていない。

アンジェリンは目を閉じて、彼の唇を感じた。

愛してる、わたしの王子様。

そして……。

わたしだけのガイ。

あとがき

こんにちは。水島忍《みずしましのぶ》です。「愛蜜《あいみつ》の復讐《ふくしゅう》～伯爵《はくしゃく》とメイド～」、いかがでしたでしょうか。楽しんでいただけたら嬉しいです。

今回の話はヴィクトリアンもので、初恋&身分逆転&身分差&復讐ものです。めっちゃ盛りだくさんですよね。

お嬢様だったアンジェリンがメイドに、馬番だったガイが伯爵《はくしゃく》に……というわけで、ガイはアンジェリンのせいでお母さんが亡くなったと思い込んでいます。遠因は確かにアンジェリンが引き起こしたことですが、直接的な原因というわけではなくて……。アンジェリン、かなり可哀想です。

ていうか、本当にアンジェリンがずーっとずーっと可哀想なんですが……。甘やかされたお嬢様と言われてますが、なかなか我慢強くて、ひどい目に遭《あ》わされても、耐え抜いていきます。いやー……けなげなキャラでした。

まず、実の叔母さん家族の非情なこと。叔父さんは優しいですが、叔母さんのお尻に敷かれていて、何も言えません。もっとも妻に隠れて、いろいろ悪いこともしているようですけど。でも、悪妻だから、仕方ないかなあ。いとこのエレンはもちろん母親似ということで。でも「このグズ！」とかってセリフは、けっこう楽しく書きました。ガイのキチクなセリフとかもそうですけど、実生活で絶対に使うことはないですからね（笑）。

そして、思い込み激しいガイ。って、私の書くヒーローはみんな思い込み激しいんです。「俺様が好きなんですね」と言われたことがありますけど、どうやら本当にそうみたいです。そう、俺様が好きなんです（笑）。あ、小説の中でのことですよ〜。実際にいたら、絶対に避《よ》けて通りますよねー。

とはいえ、ガイはアンジェリン以外の人にはだいたい優しいです。自分が馬番だったから、使用人には特に。待遇《たいぐう》いいですし、思いやりもある。それだけに、執事グラントや家政婦ミセス・ケンプには、彼のアンジェリンに対する仕打ちが不思議に思えたんじゃないでしょうか。もちろん、ガイが追い出されたのがアンジェリンのせいだとしても、当時、彼女はまだ少女だったので。そこまで根に持ち、大事なお嬢様を慰《なぐさ》みものにしているという事実を、二人は苦々しく思っていたに違いありません。

本文中には出てきませんでしたが、ガイとアンジェリンのささやかな結婚式と披露宴には、グラントとミセス・ケンプが招待されたと思います。アンジェリンにとっては、唯一の身内というわけですね。叔母さん家族は招待されず、悔《くや》しい思いをしたと思います。で、叔母さんは叔父さんに八つ当たりしたんじゃないかと。

あ、叔父さんのひそかな悪事は、ガイが裏で手を回して、表に出たんじゃないかなあ。アンジェリンにひどい仕打ちをしたと、自分のことは棚に上げて怒っていたから。社交界での地位を失ったメレディス家は没落していきますが、今のところお金持ちなので、エレンはそこそこのところへお嫁にいけたでしょう。たぶん……。あの性格はなかなか直らないので、一生、なんらかの不満を抱えたままで、幸せにはなれなかったと思います。

ロバートはアンジェリンに同情的でしたが、ガイが嫉妬《しっと》するほどの気持ちはなかったので、二人の幸せそうな姿を心から祝福してくれたことでしょう。ミランダはある意味、面白キャラでしたね。彼女はあれでそれなりに幸せなんです。

ガイの視点で書いた部分があるので、ガイの心境の変化が判りやすいと思いますが、彼は結局のところ、アンジェリンがずっと好きだったんですね。そうとは意識する前から。だから、余計に憎むことになってしまったのかもしれません。

私が個人的に一番好きなところは、海が見える丘のシーンです。って、たぶん、皆さんもそうですよね。それ以外のところでは、ホントにホントにガイはアンジェリンをいじめてますから。それなのに、「彼女をいじめていいのは僕だけ」と思ってるから、始末に負えない。

まあ、アンジェリンに対して、いろいろ無茶なこともしていますが、その分、これからは優しくて甘〜い夫になると思います。あ、念のために書いておきますが、ガイの「こうすれば身ごもりやすい」的な発言、信じないでくださいね〜。アンジェリンを自分のものにしたいがための発言なので。

さて、今回のイラストは早瀬《はやせ》あきら先生です。アンジェリンが可愛くも色っぽくて、たまりませんっ。ガイは甘いマスクだけどやっぱり俺様な感じで素敵です。表紙イラストは傲慢《ごうまん》な伯爵に翻弄《ほんろう》されるけなげなアンジェリンという感じで、二人の関係性がすごく出ていますよね〜。早瀬先生、華やかなイラストをどうもありがとうございました！

というわけで、皆様、この本の感想などいただけると、とっても嬉しいです。そして、また次の本を手に取ってくださいね。

それでは、このへんで。

愛《あい》蜜《みつ》の復《ふく》讐《しゅう》

ティアラ文庫をお買いあげいただき、ありがとうございます。
この作品を読んでのご意見・ご感想をお待ちしております。

✦ ファンレターの宛先 ✦
〒102-0072　東京都千代田区飯田橋3-3-1
プランタン出版　ティアラ文庫編集部気付
水島忍先生係／早瀬あきら先生係

ティアラ文庫WEBサイト
http://www.tiarabunko.jp/

著者——水島忍（みずしま　しのぶ）
挿絵——早瀬あきら（はやせ　あきら）
発行——プランタン出版
発売——フランス書院
〒102-0072　東京都千代田区飯田橋3-3-1
電話（営業）03-5226-5744
（編集）03-5226-5742
印刷——誠宏印刷
製本——若林製本工場

ISBN978-4-8296-6616-6 C0193

落丁・乱丁本は当社営業部宛にお送りください。お取替えいたします。
定価・発行日はカバーに表示してあります。

ティアラ文庫

Tia6561

♥ 好評発売中! ♥

原稿大募集

ティアラ文庫では、乙女のためのエンターテイメント小説を募集しております。
優秀な作品は当社より文庫として刊行いたします。
また、将来性のある方には編集者が担当につき、デビューまでご指導します。

募集作品

H描写のある乙女向けのオリジナル小説(二次創作は不可)。
商業誌未発表であれば同人誌・インターネット等で発表済みの作品でも結構です。

応募資格

年齢・性別は問いません。アマチュアの方はもちろん、
他誌掲載経験者やシナリオ経験者などプロも歓迎。
(応募の秘密は厳守いたします)

応募規定

☆枚数は400字詰め原稿用紙換算200枚〜400枚
☆タイトル・氏名(ペンネーム)・郵便番号・住所・年齢・職業・電話番号・
　メールアドレスを明記した別紙を添付してください。
　また他の商業メディアで小説・シナリオ等の経験がある方は、
　手がけた作品を明記してください。
☆400〜800字程度のあらすじを書いた別紙を添付してください。
☆必ず印刷したものをお送りください。
　CD-Rなどデータのみの投稿はお断りいたします。

注意事項

☆原稿は返却いたしません。あらかじめご了承ください。
☆応募方法は郵送に限ります。
☆採用された方のみ担当者よりご連絡いたします。

原稿送り先

〒102-0072　東京都千代田区飯田橋3-3-1
プランタン出版「ティアラ文庫・作品募集」係

お問い合わせ先

03-5226-5742　　プランタン出版編集部